徳間文庫

鳩《はと》護《もり》

河崎秋子

徳間書店

目次

一

　小学生の頃、友達と歩く学校の帰り道で、白線を踏み外さない遊びに没頭した。道路脇の線、横断歩道の白い縞《しま》、細長く描かれた『止まれ』の文字。とにかく白く塗装された箇所だけ踏むのがルールだ。

　わざわざ歩道から降りて路肩の線の上を歩いていたのだから、自動車の運転手からしたら危なくて迷惑極まりない子ども達だったろう。それでも、真剣に、なるべく白線を踏み続けられた者が勝ちで幸せになれるのだと、なぜか信じ込んでいた。

　小森椿《こもりつばき》はそんなことを思い出しながら、雨上がりのアスファルトをヒールを鳴らしながら歩いていた。駅前の雑踏では人々の足元を地面と同じ色の鳩が闊歩《かっぽ》している。鳩自体は勝手に人から逃げてくれるが、奴らが地面に残した白い落とし物はそうはいかない。

　椿は早足で歩きながら、意識を少しだけ足元に向けて、鳩の糞を踏まないように気を払っていた。シンプルなデザインの黒の合皮。ヒールは五センチ。別に高い買い物ではなかったが、昨日おろしたばかりの新品なのだ。たかが鳥とはいえ、鳩の糞など踏みたくもない。

「ちっ」

周りに人がいないのを確認してからの舌打ちはごく小さなものだ。鳩はその音に気付かず、悠長に歩いて椿に踏まれるのを避けた。

椿は都内にある、歴史だけはある中規模の出版社で働いている。区の情報発信をメインとしたミニタウン誌を発行する部署に配属され、五年目になった。新人がなかなか採用されないため未だに下っ端扱いなことに不満はあるが、仕事の内容自体はそこそこ気に入っている。ただ、勤務時間というより拘束時間が長くなりがちなのがこたえた。

信州の地方都市育ちに満員電車はとにかく辛い。以前読んだ自己啓発ビジネス書の教えに従って、椿はベッドで惰眠を貪《むさぼ》る時間を一時間削り、早めに家を出て通勤する習慣をつけていた。朝っぱらから狭い空間で人の体と密着する気持ち悪さから少しは逃れられるようになったが、睡眠時間を削っているためか疲れが溜まりやすい気がする。アラサー、という言葉を最近視界に入れたくなくなってきた。

会社までの道を歩きながら首を軽く左右に倒してやると、いつもはあまり目に留めないビルの隙間が見えた。飲み屋の店員が欠伸《あくび》をしながらゴミをポリバケツに詰め込んでいる。深夜勤務ご苦労さまです。でも今から眠れるのかと思うと正直あなたがうらやましいです。そんなことを考えながら歩くと、ビル脇の通路に猫がうずくまっているのが見えた。

猫好きな椿はつい目で追う。かわいい。会社に行く途中でなければ撫《な》でにいく。首輪をしていないし耳も切れていないので野良なのだろうが、周辺の飲食店からたっぷりエサでももらっているのか、でっぷりと太ったキジトラの猫だった。それが、長い尾を振って、歩道を凝視している。視線の先には、路面で何かを啄《ついば》んでいる一羽の鳩がいた。どこにでもいる、コンクリート色の鳩だ。猫にはまったく気づいていないようだ。

よし、狙え、行け、捕っちゃえ。思わず椿は心の中で応援する。鳩みたいにその辺に沢山いて邪魔で糞で何もかも汚す鳥なんて、捕られて餌になってしまえばいい。誰も惜しむ者なんていない。そう考えている矢先、猫がぐっと上体を下げ、一気に飛びかかった。

「あっ」

小さく声が出た。キジトラは鳩までの最短距離を直線的に飛ぶ。だが、伸ばした前足が届くよりも先に、鳩は素早く空へと飛び立ってしまった。

抜けた短い羽根が一枚、宙を舞う。獲物を捕り損ねた猫は、遠ざかる鳩を一瞬見上げて、すぐに路地へと戻っていった。

残念。もう少しであの猫、自分で捕まえた獲物で朝ごはんにできたのに。鳩の肉ってどれぐらいあるか知らないけれど、猫の朝ごはんに十分なぐらいはあるだろう。あんまりおいしそうには思えないとはいえ。

そんなことを考えながら椿は無表情で歩き、すぐに自社ビルに着く。駅から徒歩十分強。社員からペンシルビルと揶揄《やゆ》される細長いビルだ。一基しかないエレベーターに乗ったのは一人だけだった。

扉が閉まると椿は肩に掛けていた鞄《かばん》を床に下ろし、だらりと両肩を下げた。外を歩いている時には引き結んでいた唇が開き、顔面の筋肉すべてが弛緩《しかん》する。もしエレベーターのリアルタイム監視カメラで誰かに見られていたらさぞ情けない姿だろうが、別にもうどうでもいい。

今の時間は六階の編集部へ向かうエレベーターに途中から乗りこんでくる人はいないだろうし、この十数秒だけは自分のものだ。椿は「はああ」と大きく息を吐いてから、再び鞄を肩に掛けて表情を戻した。靴の中で親指と小指が悲鳴をあげている。やはり時間がないからといって通販で靴を買うべきではなかったのかもしれない。

今日もオフィスには一番乗りだった。誰もいない仕事場のがらんとした空気が心地よい。

ただし、一番乗りには義務がいくつか発生する。それらをこなしておかなければ。

ポットの水を入れ替えてスイッチを入れる。コーヒーサーバーのセット。昨日の新聞の片づけと今朝の新聞を並べておくこと。大した手間ではないし、なかば習慣になっているため頭を使わず機械的に腕を動かしていく。

……ただ、たまに、自分よりも早く誰かが出社して、これらのタスクを代わりにやってくれないだろうか。十日に一回ぐらいでいいから。そうすれば、自分が細かいところで人の役に立っていることを分かってもらえるのに。椿は小さな不満を抱きながら、今日も朝の準備を終えた。

「おはようございます、小森さん」

椿が自分の机でメールチェックしていると、予期しない声をかけられた。同時に香ってくる外国製柔軟剤の強い臭《にお》いで、声の主は誰なのか確信を強める。

「おはようございます福田《ふくだ》さん。今日、早いですね」

同僚の福田だった。椿よりも二歳上の先輩で、二児の母である。下の子どもはまだ小さく、大変大変忙しいという割にはジェルネイルも巻かれた髪もいつも見事に整っている。保育園へ子どもを送ってからの出社なので、普段ならばもっと遅いのだが、今日は少し早い。

「今日、上の子の参観日があるものだから。仕事をそれまでに終わらせておかないといけなくてね。子どもの送り出し、旦那に任せて早く家出たの」

「参観日……ですか」

そういえば、福田のデスクにはランドセル姿の娘の写真が飾られている。以前、同僚みんなでささやかな入学祝いを贈ったのを椿は思い出した。贈られたギフトカードで購入した文具一式と参考書を手に、ぎこちなく笑う女の子の写真がＬＩＮＥで同僚全員に送りつけられてきた覚えがある。ご丁寧にキラキラのエフェクト加工済みだった。

「参観日の後にＰＴＡの会議があって、やっぱりこれは行かなきゃいけないものらしくって。役員全員絶対出席って決まりはないんだけど、欠席するとそれはそれで後から会長さんに色々言われるし、ねえ」

「それはまた、大変ですね」

「そうなのよー、下手すれば保育園から小学校中学校まで子ども同士も親同士の人間関係も続いちゃうからー。そんなのにまで気を配らなきゃいけないとか、ほんと参っちゃう」

聞いてもいないのにべらべらとまくしたてられるたびに、柔軟剤の強い臭いが波状に押し寄せてきている気がする。母親の苦労を語る福田が本当に参っているのか、それとも遠回しな自慢なのか。椿は正直、後者なのではという疑いを捨てきれない。

「お母さんも大変ですね。お疲れさまです」

「ううん、なんだかんだ言って子どもは可愛いしねー」

 つい反応に皮肉が混じるのを、言われた当人は気づかないらしい。このままでは、かつて聞いたランドセル選びを巡る両実家を巻き込んだひと騒動や、手作りの工作袋作製苦労話が、こちらの意思とは関係なく繰り返されてしまう予感がした。

椿は「あまり無理しないでくださいねー」と微笑《ほほえ》みながら、コーヒーを淹《い》れるのを装って席を立った。

福田とは仕事の範囲が重なることが多い。彼女が早上がりするということは、いくら福田が自分の仕事を終えてから退社するとはいっても、その後に高確率で入るであろう予定外の作業は、全て椿が引き受けなければならなくなるということだ。伝説の雑巾搾り汁入りコーヒー、実行するなら今かもしれない、という誘惑に抗《あらが》うのに苦労した。

「……まったくさあ。少子化だの晩婚未婚だの絶食系若者だの世間様は独身女にずいぶん子を産め増やせってプレッシャーかけてくださいますけどねえ」

剝《む》いた枝豆を口に放り込みながら、椿はジョッキの持ち手を握り締めた。

「素直に結婚して子ども産んだ人に手厚く手厚く手厚ーく、産休育休、学校の行事への参加云々《うんぬん》でたっぷり子育て支援制度をお作りになった結果ぁ、私のよーなアラサーおひとりさまは仕事押し付けられまくって、相手見つける婚活の時間さえ作れないでいるんですけど！」

「あーまーねえ、わかるわ」

残業代のつかない仕事を終えた帰り道の居酒屋『暮れない』。傷のある古びたカウンターで相槌《あいづち》を打ってくれるのは、同性の常連だ。名字もヨシコという名の漢字も知らないが、指輪のない薬指、同じような化粧と服装、そう変わりない見た目の肌年齢という共通点からか、お互いなんとなく仲良くなった。

椿が住んでいる部屋は会社からかなり離れているため、この周辺の居酒屋ならば同僚に愚痴《ぐち》を聞かれることもない。大将も男性常連も、余計な口出しをしないでいてくれる。椿にとって唯一ともいえるオアシスだが、人生の救いが愚痴を言える古びた居酒屋ひとつだけ、というのも一体どうなのかとは自分でも思っている。

「そりゃさあ、子育て大変だってのは分かるよ？　やったことないけど。でもさあ、子育て世代に優しくした結果、結婚出産の機会ごっそり奪われるとか、わけわかんなくない？」

「うん、わけわかんない」

生を呷《あお》ってくだをまく椿に、ヨシコは梅チューハイのグラスを傾けながら頷《うなず》いた。

「でも椿さんはまだいいじゃん。情報誌の編集とか、取材で色んな人に会うんでしょ？　出会いの機会多そう」

「っていっても、結局取材対象、仕事だからねえ。いい人いたからって、他にスタッフやカメラマンがいるとこで『今度飲みに行きましょう』なんて、そうそう言えると思う？」

「思わない」

「でしょー」

　ジョッキが空になったところで、何も言わずに大将が湯呑みに入ったホットのウーロン茶を出してくれる。以前、健康診断の結果を愚痴って以降、二杯目は強制的にこれになった。椿としては文句がないではないが、こんなことぐらいしか自分を気遣ってくれる他人はいないのだと思ってからは、素直にウーロン茶を啜《すす》るようになった。ヨシコはそんな椿をうんうんと見守っている。

「ヨシコさんとこ、じゃ、職場にいい人いないの？　会社の他の部署含めて」

「ほとんど既婚なんだよね、これがさあ」

「うちも。独身なのは、まあなんつうか、独身でいたいから独身なんです、って感じの人ばっかり」

「うちもそれー」

「大体、既婚に手ぇ出すってデメリットしかないじゃん。訴訟とかになったら必ず負けるし」

「だよね。まあ、そう思ってこちらから言い寄ることなんてないし、相手から迫られることもそもそもないんだけど」

「まあね！」

それから、今度はヨシコの職場にいるアラフォーお局《つぼね》の言動を肴《さかな》にするのがいつものパターンだ。ベタベタしない程度の友達と大いに笑って飲んで、椿はいつものようにだましだましの一日を終えた。


椿が住んでいるアパートの近くには、結構な広さの庭をもった一軒家がある。道路と敷地を隔てるブロック塀の高さを越え、濃い色の植え込みが広がる。椿の木だった。あと一月もすれば、薄紅色の花を多く咲かせ、通行人の心をいっとき和ませてくれる。

椿は自分に誇れる要素はほとんどないと思っているが、唯一、自身の名前は気に入っていた。生まれた頃に咲いていたから、という単純な理由からの名付けであったが、それなりに美しい花と同じ名であるならば、そう悪い気はしない。

庭の椿は街灯のオレンジ色の光を受け、夜だというのに肉厚の葉がつやつやと光っている。自分の名と同じ植物だと、つい思い入れが強くなるというものだ。花が咲いているわけでもないのに目で追いながら植え込みに沿って歩く。ふと、葉に白いものが見えた。花の季節ではないし、実はこんなに白くはない。何だろう、と椿は顔を近づけてよく見てみた。

そして思わず「チッ」と朝と同じ舌打ちが出た。椿の葉にべっとりと付着していたのは、鳥の糞だった。しかも、地面に落ちていて見慣れた鳩の糞に見える。椿はわざわざこんなものを凝視したことを後悔した。ただでさえ面白くないことが多いのに、帰宅する前に鳩の糞なぞまじまじと見て何の得になろうか。

はあー、と長く尾を引く溜息《ためいき》をついて、椿は部屋へと戻った。三階への階段が、今日はやけに長く感じる。

「ただいまぁー」

壁の薄い隣の住人に聞こえないよう、ごく小さく呟《つぶや》く。誰もいないことが分かりきっているのにわざわざ挨拶などしてしまうのは、子どもの頃の癖《くせ》が未だに抜けないからだ。一人暮らし女性の防犯には有効らしいが、何となく虚《むな》しさが発生してしまう。

そんな自分に嫌気を感じながら、椿は足を締め付ける靴を脱いだ。小さなソファーに腰かけると、上着も脱がないまま横になる。そのまま行儀悪くストッキングを脱ぐ。予想通り、両足の親指の付け根と小指の爪あたりの皮膚が赤黒く変色していた。皮はむけていないが、明日は絆創膏《ばんそうこう》を張っておかなければならないだろう。

「ゆっくり靴フィッティングして買えたら苦労しないっつうの」

誰に対してでもなく独り言を言う。本当は、休日出勤もしょっちゅうとはいえ、毎週一日の休日は最低限確保している。通販で適当な靴を買わず、休日に外出し自分の足に合う靴を探しに行けば良いのだ。靴一足に諭吉《ゆきち》を飛ばして心痛まない程度の貯金だってある。そんなことは椿だって分かっている。

しかし、ただでさえ日々自分の仕事が忙しいというのに、常日頃から福田の仕事をじわじわと押し付けられているのだ。毎日ストレスが溜まる。『暮れない』で飲んで解消したつもりでも、腹の底にどろりとしたものは残る。解消するには、休日は自分の部屋というテリトリーの中で無為に過ごすのが最善なのだ。

せめて休みの前夜には早く寝ればいいものを、缶チューハイ片手に特に見たくもない深夜番組を眺め、翌日は夕方近くまで寝てしまう。もしくは、起きていても横になったままスマホで毒にも薬にもならない情報を収集する。陽が落ちる頃に起き上がると、冷蔵庫にかろうじて残った食材を料理しながら洗濯と掃除。よっぽど気力が残っている時でなければ、掃除機をかけるまでに至《いた》らない。そして明日は月曜だと絶望に暮れながら眠りにつくのだ。靴を買いにいく暇なんてない。椿は誰に対してでもなく心中で自己弁護して頷いた。

本当は椿も分かっているのだ。福田だって周囲から便宜《べんぎ》を図られるたび、常に「ごめんね」「悪いわね」とそれなりに申し訳なさそうにしていることを。福田の子育てとは関係なく、自分のスケジュール管理を完璧にして時間を作り、足に合う靴を買って、積極的に出会いの場への参加や自分磨《みが》きをすべきだし、それは決して不可能ではないということも。

しかし、自分はそんな完璧なことはできない。自堕落に過ごす時間さえ未来に売り渡してしまったら、本当に壊れてしまいそうな気がする。足を曲げ、両手で靴ずれをさすりながら、椿は目を閉じた。今このまま眠ったら、最高にネガティブな夢が見られそうだった。どうせ現実ではないのなら、自分が一番頑張っていて、一番可哀相で、でも最後には奇跡的に一番いい油揚げをかっさらえるようなスペシャルな夢だったら良いのに。

「ああ……でもせめて、上着は脱がなきゃ。皺《しわ》になったらクリーニングに持って行く分、手間が増える……」

これも自己啓発本でかつて読んだ通り、自分のタスクと行動の理由付けを椿はわざとらしく口にした。のろのろと起き上がり、コートとスーツを脱ぐ。ブラジャーを外した乳が楽なことこのうえない。トップではなくアンダーがだ。

一人暮らしの部屋の中でパンツ一丁になる午後十時半。このままシャワーを浴びに行こう。そして眠る前に冷凍庫に鎮座《ちんざ》しているハーゲンダッツを食すのだ。

誰に憚《はばか》ることもない自堕落な時間。無為だがもうそれでいい。椿が自分を納得させていると、何の前触れもなく窓からゴンという音がした。

「えあっ!?」

予期しない音に驚いて、妙な声しか出ない。こんな時に「きゃあ」とか出ない自分だから私という奴は、と少々ずれた思考をしながら、その場にしゃがみこんでカーテンとガラスの向こうにあるはずの音の正体に耳を澄ませる。ベランダは暗くて室内は明るいのだから、人影など分かるはずがない。椿は息を詰め、耳を澄ませる。たっぷり二分は下着一枚でしゃがみこんだまま様子をうかがっていたが、その後は何の音も聞こえなかった。

椿は意を決して、その辺に打ち捨てられていたジャージのズボンとパーカーを着込んだ。片手に『一一〇』と入力しあとは通話ボタンを押すだけにしたスマホ、もう片手にはヨシコから誕生日にもらった安シャンパンの空瓶を持って、窓のスライド鍵を極力静かに開ける。

さらにガラス越しに気配を探る。勝手に高い鼓動を刻む自分の心音の合間に、「クー」と何かの声らしき音がした。ガラスを隔てていることを差し引いても、どこかくぐもった響きだ。

子犬。子猫。あるいは動物を装った人間。強盗、痴漢《ちかん》、なおかつ変態。考えられる可能性を脳裏に列挙して、怖さが倍増しそうになる前に椿は一気にガラス戸を開け放った。目の前には以前買った百均のビーチサンダルがすすけた状態で落ちているだけだ。上半身を乗り出し、奥の方も視認する。とりあえず人影はない。椿は最悪の想定が実現しなかったことに長い息を吐いた。

そして、下げた視線の先にそれを見つけた。

最初、紙くずが落ちているのかと思った。暗がりの中にぼうっと白っぽい姿で落ちているそれは、風でどこからか飛ばされてきた紙の塊《かたまり》か何かだろうと。しかし、ベランダは無風で今さっき突風が吹き込んできた気配もない。ベランダの構造上、上部は上階のベランダが天井《てんじょう》のようになっているため、上の階から落とされたものが椿の部屋の窓を叩《たた》いたとは考えづらい。

椿はシャンパンの瓶を置き、スマホの画面を切り替えてライト機能をオンにした。懐中電灯のように周囲を照らすスマホを白い塊に向ける。ゆっくりとライトを近づけると、再び「クー」という音が聞こえた。椿は思わず飛び退《すさ》ったが、記憶をたぐると、その声に聞き覚えがない訳ではない。

今日も耳にした。確かに出社時のことだ。

「……鳩？」

スマホを対象まで十センチのところに近づけると、正体が分かった。鳩だ。真っ白い鳩が、羽と足を畳み、ベランダの床に座り込んでいる。というより、体が少し斜めになっているところを見るに、転がっている。

「なにこれ。どういうこと」

問いかけたところで鳩が応えるはずもなかったが、どういうタイミングなのか「クルッ」と返事をした、ように椿には聞こえた。

椿はすぐに窓を閉め、鍵をかけ、カーテンを引き直した。一体どうして、こんな夜に、鳩がうちのベランダにいるというのだろう。さっき聞こえたゴンという衝突音は、あの白鳩がぶつかったものだろうか。ということは、ケガをしてここで動けずにいるのか。

そもそも鳥目という言葉があるぐらいだから、鳥って夜は目が見えないんじゃないだろうか。いやでも、ほとんど休憩をとらず飛びっぱなしの渡り鳥とか、多分夜でも飛んでいる。じゃあ鳩はどうなんだろう。昼間に群れみたいになって飛んでいる羽音を夜は聞かないから、やっぱり夜は鳩だって休んでいるんじゃないの。でもそうだとしたら、どうして夜に、よりによって私の部屋の窓に衝突したっていうのか。

「鳩、鳩、白、夜……」

椿は窓際にしゃがみこみ、スマホの検索画面を繰った。鳩なんて単語は、鳩の形をしたお土産菓子の店舗を探した時以来、検索ワードに入れたことなんてなかった。すぐに、日本にいる鳩の種類、白い鳩の種類、突然変異として発生する白い鳩、夜の習性などが小さい画面に並んでいった。

開かれたページを隅から隅まで読むようなことはせず、大事そうな部分だけ椿は拾い読みしていく。普段目にする鳩はドバトというやつで、夜はコンクリートの建物陰などで寝ているらしい。

時々真っ白い個体が見られるが、これはアルビノとして発生した場合と、アルビノではない突然変異として生まれた場合がある。

「どちらなのかは、目の色で確認できる。赤ならばアルビノ、普通の鳩と同じ黒ならば、突然変異……」

スマホの画面を閉じ、再びライトを点《つ》けて椿はベランダの戸を開けた。別に、あの鳩がアルビノなのかそうでないのかはどちらでもいい。確認しようと思ったのは、ただの好奇心だ。

そうだ、もしケガでもしているのなら、どうすればいいのだ。さっき流し読みしていたサイトで、鳩は勝手に保護したり飼ったり、ましてや獣医に連れて行くこともできないのだと書いてあった。だとすれば、あの鳩、私はどうしたらいいのだろう？

もう白い影の正体は知っているはずなのに、椿は自分の心臓が煩《うるさ》く動き始めるのを感じた。さっき鳩が床に横たわっていた場所にライトを向けると、そこには何もなかった。

「え!?」

椿は慌ててベランダから身を乗り出して階下を見た。街灯と、植え込みと、自転車置き場があるだけだ。白い塊が落ちている様子はない。

もう一度、鳩が横たわっていた場所を見る。羽根の一枚も落ちていない。ライトを近づけてさらによく見てみるが、血の痕もなかった。

「……飛んだの？」

空を見上げると、薄く空を占める雲は都市の照明を反射してうっすらと明るい。月も星も出ていない。もしかして、窓にぶつかったショックでうずくまっていただけで、実はたいしたケガではなかったのか。そう思って、椿は深く息を吐いた。そしてようやく、自分があの白鳩を心配していたらしいと気づいた。

「まあいいか。もういないなら、別に私に関係ないし……」

また自己啓発本に従い、頭を切り替える内容を意識して口に出す。そう、鳩が一瞬うちのベランダに迷い込み、すぐに去った。それだけのこと。

その筈《はず》なのに、椿はベッドにもぐり込んでもなかなか寝つけなかった。頭の中から振り払おうとしても、あの白い鳩の姿が気にかかる。

どこから来たのか。なぜ私のところに来たのか。そしてどこに行ったのか。同じ問いをぐるぐる繰り返しているうちに、意識は薄れて眠りについた。夢は見なかった。


翌朝、椿は駅とは反対方向に足を向け、アパートのベランダ下あたりを見た。昨夜、上から見た通りに自転車置き場と、あとは細かなゴミ屑《くず》が落ちているだけだ。鳥の死体も羽根もない。やっぱりあの鳩、飛んでいったんだ。人騒がせな。そう思いながら重い鞄を肩に掛け直し、いつものように会社への道を踏み出した。


「ごめん。ほんとごめん小森さん。来週水曜午後の打ち合わせ、リスケお願いします」

福田は顔を見せると挨拶もそこそこに、わざとらしく両掌《りょうて》を合わせて頭を下げた。

「来週水曜、って伊藤工作所の取材ですよね。……ご都合ですか?」

椿はなるべく感情が声に混ざらないように返事をする。おそらく、子どもが理由だろう。昨日の参観日でＰＴＡの会議とか言ってたから、そっち方面にポッキーひと箱賭けてもいい。福田は申し訳なさそうな顔四割、嬉しそうな顔六割で「そうなのよ、ちょっと都合で」と声のトーンを上げる。

「この間ね、上の娘をピアノの教室に初めて連れて行ったのよ。習い事。小学校入学後じゃちょっと遅いかなあと思ってたんだけど、なんだか娘、向いてるらしくて。先生に、月曜と水曜と土曜のレッスンは必ず連れてくるように言われちゃって」

「はあ」

PTAではなかった。ポッキー負けたな、と思いながら返事をすると間抜けな声が出た。

「だからこれから、月曜と水曜はちょっと有給半休と子育て支援休暇うまく使って、御茶ノ水まで送り迎えしなきゃいけないのよ」

「そうですか」

制度をうまく使って、自分の腹が痛まない方法で休むのであれば、表向き椿は文句を言えない。だが、いくら制度に則《のっと》った休みだろうが、現場に人がいなければ尻ぬぐいをさせられるのは自分なのである。

「んん……」

椿はこめかみの辺りを押さえた。実際に頭が痛んでいるわけでもないが、たまには『それは困った』という雰囲気を出してもバチは当たらないだろうと、珍しくそう思った。

「……小森さん？　大丈夫？」

「いえ、大丈夫です。……それじゃ、とりあえず伊藤工作所の件、こっちから連絡入れて代替の日程は先方になるべく合わせて設定しますので」

「そう？　悪いわね、じゃあお願いします」

椿の様子が変わったのを一瞬気遣う様子を見せた福田だが、自分の希望が通ったと分かると再びにこにこと愛想よく頭を下げてきた。子育て中だというのに頭を揺らしても微塵《みじん》も乱れない髪のセットはさすがだ。或《ある》いはそれぐらいの女子力がないと結婚、出産はできないとでもいうのか。椿は溜息を飲み込むのに苦労した。

それじゃよろしく、と踵《きびす》を返した福田を、「あの、福田さん」と呼び止める。

「なに？」

仕事で何か分からないところがあるなら私にどんとお聞きなさい、という顔で福田は振り返った。数年前ならともかく、今、仕事の全体像を把握しているのは自分の方なんだけどな、と思いながら椿は続ける。

「すごい変なこと聞きますけど、鳩って、好きですか？」

「鳩？」

まさに豆でもぶつけられたように、福田は目を丸くした。いつものわざとらしく目をくりくりさせた表情と違って、本当に意表をつかれたらしい。

「キャラクターとしての鳩？　なんか、シンボル的に使われてるやつ？　なら好きよ。ベビー用品の定番だし、うちの子も鳩サブレー好きだし」

「ではなく、生き物としての、そこらへんの公園にたむろして、糞でその辺汚したりする、鳩です」

「それは嫌い」

迷いなく福田は言い放った。

「なんか不潔《ふけつ》じゃない。そこら中に糞するし。愛菜《あいな》、あ、うちの下の娘がまだもうちょっと小さい頃にね、公園で鳩を捕まえようとしたことがあって。そりゃもう怒ったわ。人に飼われてない生き物は、ばいきんついてるから汚いのよって」

「まあそうですよね、キレイではないですよね」

都市に生きているとはいえ、野生の生き物なのだからその通りだ。あれ、と椿は思い至る。飼われてない生き物が汚いという理屈なら、福田がインスタグラムで撫でまくっている写真を載せた野良猫も汚い気がするのだが。横にそれた椿の視線に気づかず、福田は拳を握った。

「それにね、わたし、駄目なのよ。鳩のあの目」

「目？」

「目っていうか、目の縁？　アイラインみたいなとこ？　あそこよく見るとなんかボコボコしてて、汚くて、気持ち悪いの」

「ありますね、目の縁のとこ」

椿は昨日ネットで見た写真のいくつかを思い出した。言われてみると、鳩の眼球それ自体は普通につるりとした目玉だが、その周りは肉が盛り上がったようになっていて、しかも表面がガサガサに見えて、とても見目良いとはいえない。

「でも嫌いな割によく見てますね、福田さん」

「嫌いすぎて、気持ち悪すぎて、つい見ちゃうの」

「なんか分かる気がします」

椿も嫌いなあまり、つい鳩の糞を視界に入れてしまう。うんうんと頷いていると、福田がピンクのジェルネイルに彩られた爪を顎《あご》に添え、少し目を細めた。

「それに、あんまり鳩にはいい思い出っていうか、いい因縁《いんねん》がないっていうか」

「因縁？」

この人のことだから、デートでめかしこんでいる時にフン攻撃に遭ったとかだろうか。それは確かに嫌だ。椿が呑気《のんき》な想像をしていると、福田は「じゃあ悪いけど伊藤工作所さんの件、よろしくねー」と手を合わせて去っていってしまった。よほど鳩が嫌いなんだろう。まあ、私の周りでも好きって人はきいたことないし。

さて自分も鳩なんかの話をしていないで、仕事に戻らないと。椿は伊藤工作所の番号をプッシュしながら、そういえば昨日の鳩、目を見なかったからアルビノか突然変異か分からなかったな、と思い返した。


その日は予定していた通りに仕事が進み、しかも追加されることもなく、夕方早い時間には会社から出られた。

また『暮れない』に行って今日はゆっくり飲むとしようか。いや、珍しく早めの時間に帰ることができるのに、飲みに行ったらつい他の常連や大将に甘えて愚痴が出てしまいそうだ。久しぶりに食材を買い足して、簡単でもいいから料理をしよう。

靴擦《ず》れのある四か所に摩擦《まさつ》防止パッドを張ってあるおかげで、今日は足が痛くない。少し軽い足取りで、椿は駅からアパートまでの最短距離ではなく、大型スーパーの方向へと足を向けた。古い住宅と事務所店舗の建物が混ざる中、前方から子ども達のはしゃぎ回る声が聞こえる。建物の隙間に、少しばかりの遊具を備えた公園があるのだ。

夕日の赤い光が差す中、子ども達が笑いながら家へと帰っていく。横目に公園を見ながら通り過ぎようとしたとき、椿は遊具の一点に目が釘付けになった。

子ども用のブランコに、男の人が座っている。くたびれたチューリップハットを目深《まぶか》にかぶって、年齢は分からない。その足元に、無数の鳩がたむろしていた。つい立ち止まって見ていると、上着のポケットに手を突っ込み、中のものを掴《つか》みだして鳩の方へ撒《ま》いているらしかった。

「あー、あのひと、エサやってる。『ハトにエサをあげないでください』って書いてあるのにー」

「うん、そうね、そうだけど、あまり見るんじゃありません」

椿の横をすりぬけて、小学校低学年ぐらいの男の子とその母親が足早にその場を去っていく。椿が前を見ると、公園の入り口には、エサやり禁止を示す手作りの看板が立てられていた。

道路からの距離ではブランコの男性も男の子の声が聞こえたに違いなかったが、さっきと変わらずにポケットから餌を放り投げ続けている。鳩たちはわれ先にとエサへ集まって啄むものの、先を争って喧嘩《けんか》をしたり突《つつ》くようなそぶりは見えない。男性は年季の入ったズボンと上着を着ていたが、汚れているというわけではなく、傍《かたわ》らに小さな肩掛け鞄ひとつを置いているだけだ。路上生活をしているとか、そういう人ではないのかもしれない。

椿が立ち止まったまま様子を見ていると、ふいに男性が顔を上げた。下顎から頬にかけて真っ黒な髭《ひげ》で覆《おお》われた顔だった。しかし、密生《みっせい》はしていても長さは整えられた髭のようで、それが却ってアンバランスにも見える。

そして、チューリップハットのつばの下から、白目がちの眼球が確かに椿の姿をとらえていた。

「……ひっ」

急に吐いた息に変な声が混ざった。椿は慌てて目を逸《そ》らし、足早に公園の前から歩き去った。確かに見られていた。顔と格好を覚えられたのかもしれない。ばかだ。立ち止まってじっと見るなど、こちらが不審だと言われても仕方がない。椿は自分の迂闊《うかつ》さを叱責《しっせき》しながら、それでも、あの人、私のこと睨《にら》みつけていた感じではなかったように思う。もう遭遇しませんように。そう願いながら、スーパーへの道を急いだ。

「ただいま、あー重い、っての」

椿はまだ陽が暮れきる前に帰宅した。普段よりも多めの買い物は携帯していたエコバッグでは足りず、会社用鞄の中にもツナ缶と発泡酒とグラノーラとヨーグルトが詰まっている。重いバッグ二つを床に下ろし、きしむ関節をほぐすように伸びをした。今日はたまっているドラマの録画を消化しよう。ちょっとヘルシーめのおつまみも作って、と思いながら伸ばした手を下ろすと、部屋の一点が視界に入って体が固まった。

ベランダに面した窓の向こう、西日を背後にして、小さな影が閉めたままのカーテンに映りこんでいる。明らかに人間の大きさではない。猫か、小型犬か、それよりも小さく、やや細長いフォルム。椿は直感的にひとつの動物を思い浮かべた。

「うそでしょ」

信じたくない気持ちで、ゆっくりとカーテンを開く。ガラスの向こうには、夕日を浴びてオレンジ色をした白鳩がいた。

「……うそ、でしょう」

もう一度呟くと、白鳩は椿に返事をするように「ククッ」と鳴いた。真っ黒な両目はガラス越しにじっと椿の一挙手一投足を見つめているようだった。よく見てみると、福田が言っていたような目の周りのボコボコはこの鳩にはない。白い羽根の中にぽつんぽつんと黒い目だけが埋め込まれていた。

椿は恐る恐る、ベランダへと出てみる。鳩の黒い目はこちらを追った。ふと思い返して、部屋に戻ってくたびれたパーカーとジャージに着替え、急ぎ化粧を落として、買いこんで忘れていたマスクを引っ張り出して着用する。さらに掃除用に買ってあった薄手のゴム手袋をきっちり両手にはめて、再びベランダへと向かった。

内心、もう一度ベランダに行ったら鳩がいなくなっていることを椿は願っていた。しかし鳩は大人しくその場で座ったままだ。マスクの内側で溜息をつくと、完全武装した状態で鳩へと近寄ってみた。鳩は逃げない。触れてみる。やはり逃げない。

「暴れないでよ。頼むから暴れないでよ。ちょっと、ケガないか確認するだけなんだから。暴れてダニとかシラミとか、撒き散らさないでちょうだいよ」

ゆっくりと声をかけながら両側の羽を探ってみると、左の羽の真ん中あたりに触れた時、白鳩は「ググッ」と大きな声を出した。同時に椿の手の中で鳩の全身が強張《こわば》る。見た目では分からないが、ここをケガしているらしかった。

やはり、窓にぶつかった時か、それより以前にどこかで負傷していたのだろう。そしてうちのベランダへと偶然辿《たど》りついたというのか。

「一度見たあとにいなくなってたのは……あれだ、あんた、どっかに一度飛んで行って、わざわざまたここに戻って来た、とか？」

まったく確証の持てない、しかしそれしか考えられないことを椿は呟いた。応じるように白鳩が「クー」と鳴いたので、まあ、そういうことにしておこう。問題は、これからどうしよう、ということだった。

「参ったね……飼うとか、冗談じゃないし」

第一、そもそも鳩なんて好きではない。この白鳩は普通の鳩より確かに見た目はきれいだし、なんならさっき夕日に照らされていた時は結構美しいとさえ思ったが、自分は鳩が好きではないのだ。しかも、椿は動物を飼った経験がない。子どもの頃から飼いたいとは思っていたが、姉が重度の動物アレルギーでその機会に恵まれなかった。

「そもそもここ、ペット禁止だし。野生の鳥、飼っちゃいけないって昨日見た動物なんたらのサイトにも書いてあったしな……」

じゃあいっそ、ベランダから放り投げてなかったことにしてしまおうか。いや、それでは動物虐待だかで最悪犯罪者だ。そもそも、生きてるアサリを煮立った湯に入れる行為も極力避けたいと思う自分が、この鳩を殺せるとは思えない。

「区役所、とか？　……って、もう時間遅いか」

もう業務時間外で相談は受け付けてくれないだろう。では、ひとまず今晩はここに置いておくしかないか。もしかしたら明日の朝にはケガが治って、勝手に居なくなってくれるかもしれない。椿にとっては希望的な予想だった。

ただ、明日の朝、死んで冷たくなられてても困る。鳩が死んでたらその死体はどうしたらいいのだ。燃えるゴミなのか不燃ゴミなのか。というより、部屋の中でゴキブリやクモが死んでいるのも気持ち悪いのに、鳩がベランダで死んだらもうこの部屋に住み続けるのは嫌だ。引っ越しとか、そんな面倒は御免だ。

椿は白鳩を見下ろしたまま、ぐるぐると思考を巡らせて最適解を探した。それから、ひとつ頷いてクローゼットの奥を探る。通販で届いた手頃な空段ボールをひとつ取り出し、内側に毛玉だらけで捨てようか迷っていたヒートテックのシャツとタイツを敷く。それから、洗って置いておいた発泡スチロールのトレイと、プラスチックのプリンカップを台所の棚から引っ張り出す。プリンカップに水道水をいれ、買って来たばかりのグラノーラから麦っぽいものやドライフルーツの粒をより分けてトレイに載せた。

再びゴム手袋をはめて、用意した一式を持ってベランダに出る。鳩はとうとう椿の顔を見ただけで「クルルッ」と鳴くようになった。

「……懐《なつ》かれても困るんだけど」

ベランダに段ボールを置き、白鳩を持ちあげてそっと中へと入れる。重さをほとんど感じないほどに軽かった。段ボールの余ったスペースに水とグラノーラのトレイを置くと、白鳩はすぐに麦粒を啄み始めた。

さらに餌を求めて、白鳩は畳んでいた足を伸ばして体を持ちあげた。白い羽根の間から赤い足が見える。その右側に、小さな金属の筒が結わえつけてあるのに椿は気が付いた。

「なにこれ、伝書鳩？」

　夢中で餌を食べている白鳩の足に手を伸ばす。金属の筒は端が蓋《ふた》になっているようで、案外簡単に外れた。中には細く丸められた紙が入っている。

「ああ、伝書鳩だったわけね」

　声に出して感嘆《かんたん》すると、椿の中で諸々が急速に腑《ふ》に落ちた。この鳩は、野生ではなく伝書鳩というものなのだろう。正直、今の時代にそんなものがあると椿は認識していなかったが、現にこうして目の前に紙を携えた鳩がいる。人に飼われていた鳩ならば、人の住まいに紛れ込んできた理由も腑に落ちる。

　もしかしたら、この鳩の持ち主の連絡先とかが書かれているかもしれない。椿はどこかほっとして、紙をするすると伸ばした。

「……白紙？」

　紙には何も書いていなかった。文字が消えた痕跡《こんせき》や、インクの一点の染みさえない。白鳩の羽根そのものの真っ白な紙を手にして呆然《ぼうぜん》とする椿をよそに、白鳩はがつがつと餌を貪り続けていた。

二

ビル街の隙間で、低い建物が規則正しい苔《こけ》のように道路沿いに密集している。細い道路を覆う古いアーケードの両端には、『梅見台《うめみだい》商店街』という看板がかかる。昔ながらの商店や小規模の飲食店、惣菜屋《そうざいや》などを目当てに人は絶えないが、ところどころにはシャッターを固く下ろしたままの建物もある。

『伊藤工作所』は、閉店して数年経っていた中高年向けの婦人服専門店を改装した店舗だ。錆《さび》の浮いたドアや窓にあしらわれたレトロなすりガラスはそのまま使われている。

椿は『OPEN』という札がかかった扉の前で立ち尽くしていた。時間は約束している午後二時の三分前。周囲には人通りが少なく、先方から客の少ない時間帯を指定されたということだろう。

もう一度腕時計を確認して、椿はひとつ頷き、扉を押した。古い扉の割に、軋《きし》む音も必要以上の抵抗もなくするりと開いた。

「御免下さい。先日お電話させて頂いた、『東京Info.』の小森です」

室内はそれほど広くないだろうと思いつつ、なるべく大きく、明るい声で挨拶をする。すぐに、「はいはいはいはい、御免なさいね、今お茶注いでるから、ちょっとお待ちくださいね～」と奥から声がした。

外が明るく、店舗内は特に照明が灯《とも》っていなかったので目が慣れない。暗く感じた店内を、一度長めに目を閉じてから開くと、そこにはメルヘンの世界が広がっていた。

「……メルヘン」

椿は思わず口に出してしまう。道路側のショーウインドーを除いた三面の壁は全て棚で、動物の編みぐるみ、トンボ玉のアクセサリー、UVレジン製のオブジェ、手紡ぎ手染め手編みのセーター、クラフトテープ製のバッグ、北欧っぽいデザインの刺繡《ししゅう》クッション、等が所狭しと並べられている。

伊藤工作所は、その名の堅さに反して、ハンドメイド小物や衣料を中心とした雑貨店だ。ちょっと名の知れたハンドメイド作家の作品から、地域の器用なおばあちゃんが作った昔ながらのお手玉まで、幅広く取り揃《そろ》えているのが売りだ。今回、椿はその伊藤工作所の記事を書くべく、取材として初めて足を踏み入れたのだった。

椿も普段は忘れているが一応女に自分をカテゴライズしているので、可愛らしいものは嫌いではない。むしろ好きだし、『ハンドメイドでまったり癒しの生活』とかいう雑誌の記事を見ては少し憧《あこが》れもする。しかし実際、特に慌ただしい自分の生活様式では手芸を導入する時間も精神的な余裕もない。

手近にあった刺繡済みのピンクッションに顔を近づけてよく見てみる。クレマチスだか矢車草だか分からないが、一つの青い花が四種類ほどの色合いの違う青い刺繡糸で形作られている。その針遣いの細かさを眺めながら、製作に投下されたであろう時間の膨大さを思い、椿は少し眩暈《めまい》を覚えた。

「いいでしょう、それ。まだ十代の作家さんの新作でね。人気あるのよー」

紅茶の豊かな香りと共に、還暦ぐらいに見える細身の女性がお盆を持って奥から出てきた。深い青のブラウスは手作りの藍染作品らしく、なかなか素敵だ。椿は慌てて背筋を伸ばし、名刺を取り出す。

「はじめまして、小森と申します。本日はお忙しいところお時間割いて頂きありがとうございます」

「こちらこそ来て下さってありがとうございます。店主の伊藤麻子《いとうあさこ》です」

店主は机に盆を置くと、椿に名刺を渡した。全て手書きのようで、紫のカリグラフィーで住所や氏名が凝った書体で綴《つづ》られ、文字のところを指で触ると盛り上がっている。エンボスインクで書かれたものらしい。

対面ソファーを勧められて初めて、椿は盆にティーセットが三組並べられているのに気が付いた。

「すみません、当初は二人でお邪魔する予定でいたんですが、もう一人は急用で来られなくなってしまいまして」

「あらそうでしたの。残念」

店主は品よく笑って、さりげなく二客だけカップをテーブルに並べた。そう残念なようにも見えないが、気を悪くしているようでもない様子なのを確認して、椿は内心冷や汗をかきつつ小さく溜息をつく。

本来、ここには福田と二人で来る予定だったのだ。しかし、福田が娘のピアノの送り迎えを理由に当初の予定から今日に日時を変更してもらったというのに、よりにもよってついさっき、当の本人が予定を土壇場でキャンセルした。

理由は下の子どもの急な発熱。ならやむを得ない。それは椿もよく分かっているのだが、そもそもの予定を福田に合わせて変更したというのに、こうなるとは。

ドタキャンを一番申し訳なく思っているのは福田本人だろうと思いつつ、しわ寄せを一番食らうのは自分なのだ、という思いを椿は拭いきれない。取材を自分一人ですることになったからには、撮影も自分一人の責任になるのだ。

ふう、と内心溜息を吐《つ》きながら、店主に勧められた紅茶を口に含む。さっぱりとした味わいと共に、少しスパイスのような香りがした。

「美味《おい》しいお紅茶ですね。何かブレンドされているんですか?」

「ええ、うちに商品を卸してる人がね、色々と好きらしくて、分けてくれるの。お教室の時にも皆さんに好評なのよ」

「弊誌に掲載させて頂く際には、ぜひハンドメイド教室の情報も書かせて頂きたいです」

「ありがとうございます。教室といっても、そんなに堅苦しいものではないけどね。材料費だけ頂いて、有志の作家さんに指導してもらいながら、みんなでお茶を飲みつつ手を動かす程度のものよ。あ、会員さんが自分で焼いたケーキを持ってきてくれることもあるわね」

「いいなあ……」

思わず感嘆の声が出ていた。美味しいお茶や手作りお菓子をつまみながら、おしゃべりをしつつ、手芸を嗜《たしな》む。椿はその情景を想像し、溢《あふ》れ出る女子力の世界にひとつの理想を見た。確か北欧かどこか、北の寒い地域で、冬は女性達が編み物や刺繍を持ち寄って、作業をする習慣があると聞いて憧れたことを思い出す。

椿はボタンが取れた時ぐらいしか針を持った覚えはないが、ひとつ、自分も手芸を身につけるというのも楽しいかもしれない。人から『趣味って何？』と聞かれて『映画鑑賞です』と無難に答えるよりも、『最近針仕事にハマってて』と媚《こ》びずにさらりと言えたならどれだけ素敵だろう。

「雑誌に載るなら、初心者大歓迎って付け加えて下さる？　馴染《なじ》みの会員さんが多いけど、新しい人も気軽に来てもらえるようにしたいわ」

「開催の日時は決まってるんですか？」

もし自分の休みの日とかち合うのなら、個人的に参加させてもらうのもいいかもしれない。『静かな非日常を味わう贅沢《ぜいたく》』『手仕事でつくる丁寧な暮らし』。掲載時に使えそうなフレーズも同時に浮かんだ。

「いつも、月曜と木曜の午後二時から、二時間ぐらいね」

朗《ほが》らかな店主の答えに、椿は密《ひそ》かに落胆した。ビジネスパーソン向けの時間帯ではない。専業主婦か、仕事を退職した人向きだ。

おそらく一般の会社員が無理矢理に時間を作って教室に参加したとしても、他の参加者とうまく話がかみ合わないだろう。うちの雑誌のメイン購読層を考えると、店主には悪いけれど、日時の詳細は書かずにその分店のＰＲを載せた方がいいかもしれない。

そんなことを考えながら、店主と掲載の大まかな内容を確認していく。バリエーション豊かなハンドメイド製品を気軽に眺められる穴場的なお店、という方向で紹介させてもらうことになった。

「店内のお写真を撮ってもよろしいですか？」

「ええもちろん。好きなだけ撮ってください」

にこにこと許可してくれた店主に礼を言って、展示されている品を一通りデジカメに納めていく。ついでに何かいいものでもあれば個人的に購入していこうか、と思いながら撮影していると、改めて点数の多さに圧倒された。

一言にハンドメイドとか手作りとはいっても、作り手によってかなり傾向が分かれるようだ。フリルやパステルカラーのいかにもおばあちゃんの家にありそうなドアノブカバーから、木の枝や貝殻《かいがら》、麻紐《あさひも》などの天然素材をさりげなく取り入れたアクセサリー、中には目玉モチーフや骸骨《がいこつ》をあしらったちょっとグロテスクで装飾過剰な小物がひとまとめに置かれたコーナーもある。これはこれで若い子の需要があるのだろう。

奥が深い世界だな、などと考えながら撮っている椿の手が、一つのコーナーの前で止まった。

「ああそれね、最近人気があるのよ」

椿の様子に気づいたのか、店主が優雅にカップを傾けながら微笑む。

「人気があるんですか」

思わず鸚鵡返《おうむがえ》しのように口にして、声がぎこちなくなっていないか気になった。

店の一番奥の、高さからいって客の目につきやすい場所に集中して並べられていたのは、鳩グッズだった。

鳩の刺繍があしらわれたがま口やハンカチ、樹脂でできた小さな鳩が揺れるピアス、鳩の絵が描かれた小皿や小鉢、立体的な編みぐるみ等々。

みな白い鳩で、その胴体にはどれも木の葉があしらわれている。製品の色合いも白い鳩に合うように淡い青を合わせたもので統一されていた。可愛い、確かに可愛いのだが、鳩、しかも白鳩ばかりが執拗《しつよう》にモチーフにされているあたりに、今の椿は妙な恐怖さえ覚える。

「同じ作者の方が作られてるんですか?」

「ええ、この辺ではなくて遠くにお住まいなんだけど、専業でやってらっしゃる方でね。ネットで通販やオーダーメイドでの販売のみだったのだけれど、ぜひうちの店で置きたいと口説き落としちゃった」

満足げに語る店長に、椿は曖昧《あいまい》な笑みで応えた。

「何か、その……意味とかあるんですかね、白い鳩に、この、枝、とか」

「そうねえ。作者さんがお気に入りなんでしょうね。あとなんだっけ、ほら、鳩ってあれがあるじゃない、ノアの箱舟」

「ノアの、箱舟？」

思いがけない単語が出てきて妙な声が出た。椿が小さく咳払《せきばら》いすると、店主は気にしたふうでもなく続ける。

「私もよくは知らないんだけど、ノアの箱舟ってあれでしょ、ノアさんの家族と色んな動物が漂流するでしょ、それで陸地がなくて困ってたら、鳩が枝をくわえて飛んできて、陸があるって分かったとかなんとか」

「はあ」

途切れ途切れの、店主の非常にざっくりとした説明に、椿は曖昧な相槌を打った。要旨は分かる。クリスチャンでもなんでもないので自分もうろ覚えだが、言われて記憶を探ると確かにそんな話を聞いたことがある気がする。

「そう考えると、縁起のいいモチーフなんでしょうかね、鳩って」

「そうなんじゃないのかしらね。うちのお客は女性が多いから、というか女性しか来ないから、みんな縁起のいいものが好きなのよ。四葉のクローバーとか、パワーストーンとか」

「なるほど」

「特にパワーストーンなんかは、店頭に並べる時に『幸運を招き寄せます』とか『悪い気配を遠ざけてくれます』とかメモをつけるだけで売り上げが五割は変わるわね」

あ、そういうものなんだ、と椿は妙に納得すると同時に落胆した。自分も結構そういうものに弱いたちで、部屋のアクセサリーケースには『恋愛運を高めます』『運気を上げてくれます』という惹句《じゃっく》に負け、通信販売で買ったパワーストーンのブレスレットが三本ほど眠っている。

「結局、思い込みなんですかね、そういう幸運だとか何だとか」

多少気落ちした椿の呟きに、店主は勢いよく首を横に振った。

「思い込みってね、思い込みって本当は、結構大事じゃない？」

「そうですかね」

「そうよ」

自信たっぷりの店主の根拠が分からず、椿はつい眉間《みけん》に皺が寄りそうになり、努めて消した。まさかヒーリングだのマインドフルネスだのといった耳触りのいい言葉から、マルチ商法や宗教勧誘に繋《つな》がってはたまらない。

「手芸をしていれば集中力がつくし、製品を評価してもらえれば自尊心も満たされるし、いいことばかり。鬱々《うつうつ》としているよりもそう信じて手を動かしていた方が精神の健康にもいいし、なにより建設的な気がするじゃない？」

「ええ、まあ」

曖昧に頷きながら、椿はふと気づいた。

「実際に集中力がついて自尊心も満たされるものなんですか？」

一見失礼にもあたりかねない質問に、店主はにっこりと笑った。

「それはその人次第ね」

「なるほど」

結局そういうことだな、と納得して、椿はカップに残った紅茶を飲み干した。確かに、思い込みが本当かどうかは当人次第だろうけれど、まあ信じている間は鬱々としなくても済むかもしれない。マルチ商法や宗教系とかではなく、人に迷惑をかけずに自己暗示ができるということなら思いこみもアリだろうか。

どこか釈然としきれないまでも、頷いて納得した椿の空のカップを店主が優雅に指した。

「お茶のお代わりはいかが？」

「ありがとうございます、頂きます」

取材に必要なことは大体聞き終えたし、この美味しいお茶のお代わりを頂いたら失礼しよう。椿のその考えが命取りだった。その後、二杯目に続き三杯目の紅茶と店主手作りだというココナッツクッキーを勧められた椿は、格好の話し相手を得たとばかりに嬉々《きき》とした店主の茶飲み話に延々と付き合わされる羽目になった。

最初は雑誌の掲載文に使える話が出るかもしれないとレコーダーを取り出して録音を始めたが、すぐに電源を切ることになった。話の内容はハンドメイドの人間関係が主で、少し上手な人が入ると他の長くやっている生徒さんが嫉妬し始めて大変だとか、作家さんがここで商品を出していたら意匠を真似されたものが他所《よそ》のハンドメイドマーケットで見つかって大変なことになったとか、愚痴が大半だった。

おそらくハンドメイドの世界に縁のなさそうな椿が相手だからこそ出てきた話で、店主は一通り話し終えて非常にすっきりとした様子だったが、付き合わされる方はたまったものではない。椿は自分の気力が落ちていくのを秒ごとに感じながら、表情筋を維持するのと感じのいい相槌をうつことに全力を注ぎ、次の客が訪れるまで約一時間の間をひたすら耐える羽目になった。

礼を言って店を出る頃には、最初に店内に抱いたファンシーな雰囲気が、女性たちの承認欲求と執念のベールを一枚纏《まと》っているようにも見えた。結局、商品は何一つ買わないままだった。

「はあ……」

椿が予定よりもかなり遅れて帰社し、電話の折り返しとメールの返事を終えた時には、本来退社する予定だった時間を過ぎていた。

机の狭い空きスペースに上体を伏せて溜息をつくと、放り投げておいたスマホがショートメールの受信を告げた。

『お疲れさまです。福田です。お陰さまで娘の熱も下がりました。今日の取材、すみません。内容明日教えて下さい』

どう返事しよう、と考えて、椿は『承知しました』とだけ返信した。

本来であれば、『お疲れさまです。娘さん、お熱下がって本当に良かったです。今日の伊藤工作所さんの取材は問題なく終えましたのでご心配なく。今日は娘さんにゆっくりつきそってあげてくださいね』とでも送るべきなのだが、もう自分の体力にも脳細胞にもそんなキャパシティは残っていない。なのに、今日のうちに伊藤工作所で聞いた話の概要をまとめて、明日は福田に説明しなければならない。

さっきご馳走《ちそう》になった紅茶三杯分の水分とクッキーのカロリーを体はもう消費し終えている。オフィスの給湯室にあるコーヒーサーバーの中身はもうこの時間はカラのはずで、自分の引き出しの中のチョコレート類も切れている。椿は小銭を手に、自動販売機コーナーへと席を立った。

缶やペットボトルの飲み物ではなく、あえて席に持ち帰りづらい紙コップの販売機を選ぶ。休憩として、ここでゆっくり飲んでいこう。椿は腹をくくって小銭を捻《ね》じ込み、調整ボタンを押して砂糖を最大まで増量した。別に室内が寒いということもないけれど、湯気の立つ紙コップの温かさが掌《てのひら》に嬉しい。

普段は飲まないようにしている、甘いばかりで香りの薄いココア。子どもの頃は好んでいたものだけれど、大人になってからはコーヒーショップで頼むのはカフェモカやキャラメルラテばかりで、ココアを頼むことはほとんどない。

だからこそ、味云々は別として、べったりとした甘さだけが今は体に染みこんでいく気がした。椿は自動販売機の横側にもたれかかり、天井を向いて目を閉じた。体の力が抜けていくのと一緒に、大きな溜息も漏《も》れる。

「思い込み、か……」

伊藤工作所で店主が話していた思い込みの話を頭の中で蒸し返す。ここのところ、会社と部屋の往復ばかりだ。たまに『暮れない』で飲んだり、大学時代の友人から連絡をもらって飲んだりもするけれど、生活の範囲が限られてしまっている。

もしかしたらそれも、自分の思い込みなのかもしれない。早く会社が終わったらどこかへ足を延ばして一人飲みの開拓をしてみるとか、休日に日帰り旅行に出るのもアリだろうか。

「旅行、行きてー」

何気なく声に出してみると、心底から旅行に行きたい気分になってきた。手軽なのはしばらく帰っていない信州の実家に帰省することだけれど、親に結婚しないのか聞かれたり、子持ちの同級生に遭遇してゆるやかにマウンティングされるのも癪《しゃく》だ。

かといって、具体的な観光地を脳裏に描いてみても、実際に行こうという気は起こらなかった。学生の頃はあちこちウロチョロしたり温泉をはしごするのが好きだったのだが、どう想像してもあの頃のワクワク感は取り戻せそうにない。

なのに、どこかに行きたいという衝動だけが燻《くすぶ》っている。出口のない欲があまりにアンバランスで、椿は手にしていた紙コップの中をあおった。冷え切った二口ぶんのココアは、冷えたぶんだけべとついた甘みが強調され、いつまでも喉《のど》に張りついていた。

椿はすっかり周囲が暗くなってから、ようやく靴擦れしなくなったパンプスを引きずるようにしてアパートに帰ってきた。疲れ果てていてとにかくすぐに一人になりたい。空腹であっても行きつけの『暮れない』に足を向ける余裕さえなかった。

自室の小さな冷蔵庫にマーガリンと納豆とマヨネーズぐらいしかないのは分かっていたが、帰りがけに重い買い物袋を抱える気力もなく、コンビニで惣菜とビールを買った。菜の花あえと筑前煮を選んだだけ、野菜を意識して偉いのだと無理矢理に自分を褒めてやる。あとは一食分ずつ冷凍してある白飯をチンすればとりあえず腹は膨れる。

本来ならとりあえずで空腹を紛らわせて、シャワーを浴びてスマホをいじって眠る。ただそれだけだ。しかし今、椿の部屋では余計なひと工程が必要になっている。

「……ただいまー」

習慣として声を出して玄関に入ると、部屋の中は当たり前に暗い。以前なら誰も、何もいない空間だったが、先日からそうではなくなっている。

部屋の電気を灯すと、ベランダからガラス越しに「クルルルッ」と声がした。

ハト子貴様。頼むから静かにしていて欲しい、じゃないと上下左右の部屋の住人に気づかれてしまう。

椿はコートも脱がないまま、コンロのヤカンに水を入れ、ベランダに通じる窓へと急いだ。指先に極限まで神経を行きわたらせて、音がしないよう窓を開ける。窓の脇に置いていたビニール袋に空いた方の手を突っ込み、中にある粒状のものを一摑みした。

ベランダに出ると、カーテン越しに室内の光を受け、プラスチックの箱の中、朝と同じ姿で白鳩のハト子が佇《たたず》んでいた。

「クルルッ」

だから鳴くなっつうのハト子！　ご近所にばれるだろうが！

あくまで思うだけで、言葉には出さない。椿は白鳩のことをハト子と呼ぶようになった。実際に声をかけると近隣に聞こえてしまうため心の中で呼びかけるだけだが、自分の部屋のベランダに住み着いた白鳩と駅前でたむろしている鳩を区別するような意味合いで、適当な固有名詞を与えた。決して愛着からではない。

ついでに、段ボールでは糞とかついた時にリサイクルごみに出せなくなるかもしれないと思い、ホームセンターで安く売っていた衣料用のフリーボックスに取り替えた。これで一応、汚れても洗って清潔を保つことはできる。

ハト子にこれ以上鳴かれる前にと、急いで摑んでいた餌を空になった皿に放り込む。ハト子はすぐに頭を上下させてがつがつと食べ始めた。プリンカップの中に入っている水が朝にあげた量の半分程度になっているのを確認し、中身をベランダの床に捨ててから新しい水をヤカンから注ぐ。

餌は最初こそグラノーラミックスから鳩が食べそうなものを選んで与えていたが、ネットで『鳩　餌』と検索すると、すぐに何種類もの鳩の専用餌が販売されていることを知った。その中から最も小さい袋で、通販で最も早く到着するものを購入して与えている。一度に大量に与えない限り残すことはないので、口、いや嘴《くちばし》に合っているのだろうと椿は判断した。

餌と水を与える。糞を処理する。椿が日常で施《ほどこ》す鳩の世話は、これだけだった。ハト子は見つけた最初の日のように姿を消すことはなかった。椿が会社に行っている間も大人しくしているらしく、今のところ、近所や管理人から『鳩を飼っているだろう』と詰め寄られることはない。

とはいえ、いつまでもこのままにしておくわけにもいかない。椿が休日の半分を費やしてネットで調べたところ、どうやら伝書鳩というのは弱って拾われるケースというのがままあるそうだ。大抵は足環《あしわ》に何らかの情報が入っているので、そこに連絡して運送会社の鳩専用便で送り返してやるといいらしい。鳩の運送を大手運送会社が請け負ってくれるというのも驚いたが、ちゃんと専用の段ボール箱が存在することも椿には衝撃だった。空気穴がいくつも空けられ、ケーキ箱のようで少し可愛かった。

だが、椿が遭遇したハト子の場合、足についていた足環の紙はただの白紙で、何の手がかりもない。

一応、仕事の合間に、鳩レースを取りまとめている団体に電話をして問い合わせてみたのだ。しかし、足環がついていても連絡先が記載されていない限り、持ち主が判明することは難しいだろうという。

椿は「じゃあ鳩を協会の事務局に送ればいいんですか」とさらに問い詰めてみたが、受け付けの女性から「担当者から折り返し電話します」という返事を貰《もら》ったきり、何の連絡も来ていない。やんわりとした拒否だろう。馬鹿らしくなって、そのまま放置してある。

では、区役所だ、と思って問い合わせしたところ、関係部署へ内線をたらい回しにされた揚句、足環がついているのなら野生ではないので処罰の対象にならない代わりに、こちらで何らかの手続きを踏むこともない、と言われてしまった。若干面倒臭そうに聞こえたのは椿の主観だが、そう外れてもいないように思えてならない。

なぜか、ハト子は行政や公の機関からすっぽりと外れた場所に存在しているらしい。椿はそう判断して、とりあえず餌と水を与え続けることに決めた。一応ケガをしているらしい動物をどこかに捨てたり、ましてや自分の手にかけて処分するというのはどうも自分の中の倫理にもとる。

カツカツと空になった皿をつつく音に気付き物思いのさ中にあった頭を上げると、餌を平らげたらしきハト子が、細く閉じていた目を開いてこっちを見ている。黒い二つの目に怯《おび》えはないようだ。

「クッ、ククッ」

だから鳴くなというのに。そう思いつつも、椿はハト子が自分の姿を認めて嬉しそうにしているように見え、しかもそれが嫌ではなかった。

昼間に見た女子力の塊ともいえる数々の鳩グッズと違って可愛いとは思えないし、いつの間にか羽が治って飛び去ってほしいと思っている。それでも、最初に買った餌がなくなった後、気づけばもうワンサイズ大きい餌を注文してしまっていた。

野生ではなくて行政の決まりも気にしなくていいのなら、近いうちに羽のケガを診《み》てもらいに獣医へ連れて行こう、と思えるぐらいには情は湧いてきた。近隣の獣医は営業時間と待ち時間の関係ですぐに連れて行けそうにないが、なんとか近いうちに有休をとろう。そう決めてもいた。

椿は窓を閉めて、楽な部屋着に着替え、買って来た惣菜を腹に納めた。いつもの生活手順だ。食後ソファーにごろりと横になってから、自分の餌が鳥の後だということに気づいて「……ヘッ」と自嘲《じちょう》の声が漏れる。

どこかに行きたい、でも具体的に行きたいところは見つからない、という昼間の矛盾の根はここにあるのだろう。この鳩を放置して遠出はできない。さりとて積極的に保護したわけでもないから愛情や執着があるわけでもない。そんな矛盾だ。

ひとまず、ハト子がオスかメスかはまったく分からないが、女一人で暮らしているのにオス鳩一羽を飼っているというと何か女の価値として物悲しい気がしてきたので、自分の心理的な安楽を求めてメス鳩ということに勝手に決めた。

独身女が一人とメスの鳩が一羽。その方が友情が芽生えているっぽくていいじゃない、と、誰にともなく心で弁解した。

翌日、福田は「昨日は伊藤工作所行けなくて本当ごめんねー、私も残念で」とわざとらしく両掌を合わせてきた。子どもが熱を出したのは仕方がない、確かに気の毒だとは思うので、表立って責めはしない。が、声が半トーン低くなるのを椿は自分でも抑えられなかった。

「……じゃ、次の取材はカメラさんのアポとれたら先方と予定擦り合わせて来週ということで。よろしくお願いします」

「よろしくお願いします」

椿はようやく解放された、と溜息を隠さず、自分の席へと戻った。すると、なぜか別れたはずの福田が座った自分の背後に立っている。

ホラーかよ、と内心思うと同時に、ネイルに一昨日まではなかったラインストーンが増えた手が椿の肩に添えられた。

「小森さん、何か、声が疲れてるみたいだけど、大丈夫？ 風邪ひいた？」

福田は上体を屈《かが》めて、座っている椿の顔を覗《のぞ》き込んできた。一応は本気で心配しているらしい。

「いえ、大丈夫です。ありがとうございます」

この人にも他人を気遣う心があったのか、と正直面食らいながらも、椿は軽く頭を下げた。

「風邪ではないと思います。少し、疲れがたまってるだけかと」

「分かるー。疲れたまるよね。私も天気悪くなると体だるくってー」

あれ？ と違和感をもたらす言い方に、椿の笑顔が愛想笑いのそれへと変わる。疲れがたまっているのは、少なからずあなたのせいなんですけど。心の中でもう一人の自分がそう呟いた。

「若い頃はそうでもなかったんだけど。子ども産むと女って体質変わるのね。もう、天気予報見なくても、体重くなって『あ、低気圧来るな』って察するようになっちゃってさあ」

椿は笑顔を固めたまま、内心、頷いた。そうだった、こういう人だった。何が『分かる』だ。私の辛さやキツさなんて、何も分かりゃしない、知ろうともしないくせに。

だから福田と会話するのは嫌なのだ。自分が一番労《ねぎら》われるべきなのだとベラベラまくしたてて、人の辛さを上書きして聞かなかったふりをする。椿は密かにネガティブマウンティングと呼んでいた。

「こういうのって、遺伝なのかなあ。実家の母親もそうなのよ。いずれ娘も大きくなったらそうなっちゃうのかと思うと今から私、心配で」

「うるせえ黙れバカ」

え、と小さな声と共に、福田が硬直した。

あっしまった、つい本音を言ってしまった。椿はとっさに何か言って発言を言い訳しようとして、止めた。手前の口から出した言葉をもう一度戻すことができないのなら、相手だって同じだ。疲れたまるよね、とか、人に仕事押し付けておきながら調子に乗ったこと言ってるんじゃない。こちらの腹が立っているのもまた事実なのだ。

椿は努めてにっこりと笑うと、「たまには福田さんもゆっくり休んでくださいね、無理しちゃだめですよ」と明るい声を出した。こうなったら上書きだ。一瞬の暴言は空耳だったと疑っているのか、福田は「ええ、うん、そうね」と返事しながらも口元が強張っている。

タイミングよくメールの着信音が響いたので、パソコンの画面に向き直って目線を逸らした。

「あ、カメラマンさんのアポ取れました。来週の取材、予定通り行けそうです」

普段通りの声を心掛け、魔が差したとしか言いようのない本音を押し殺した。いけない。気を緩《ゆる》めるとこういうことになる。気を付けないと。気を付けていないと、今まで保っていたものが、綻《ほころ》んでしまう。

今までは特に意識もせず、普通に日々を頑張っていれば守られていた日常が、少し気を抜くとたちまち張り裂けてしまいそうな、そんな気配を椿は肌で感じ取り始めていた。

今日は早く退社して食料品を買わねばならない。何かちょっと奮発しよう。そう決意して、椿は残りの仕事を猛然《もうぜん》とこなし、定時を少し過ぎたぐらいで会社を後にした。

福田が別れ際に「小森さん、お疲れさま。ゆっくり休んでね。ほんとに休んでね」と妙に神妙な顔をしていたが、「はいお疲れさまでした」とだけ返し、あとはほぼ無視をした。たぶん「福田さんも無理しないで下さいね」と言わせてイーブンの立場に持っていこうという意図なのだろうが、今の椿に合わせてやる理由はない。最近少し足が馴染んだ靴の踵《かかと》を鳴らし、会社を出た。

アパートの最寄り駅から出て、いつもの大型スーパーへと足を向ける。とにかく買うべきは野菜と、あと気力体力が落ちているので、何か肉を買おう。ニンニクも買って一緒に焼くとすると、ちょっといい牛肉にしようか。普段そんなに散財している訳でなし、ステーキ肉一枚二千円程度の贅沢、私には許されている筈だ。そう考えながら歩いていると、胃も口もすっかり牛肉を受け入れる準備万端になっていた。

今夜の牛肉に考えを巡らせていたため、椿は気づかなかった。大型スーパーに向かう途中には、あの公園があることに。そしてそこに、誰かがいるかもしれないことを。

肉に塩コショウを振るか、別途ステーキソースを買うかで少し迷っていた椿の足は、その場所で止まった。建物の間にある、小さな公園。そこに掲《かか》げられた餌やり禁止の看板を無視して、鳩に餌をやり続ける男。それが、またいた。

先日の、ハト子が部屋のベランダに舞い込んできたその時そのままに、チューリップハットの男は夕日に包まれてブランコに座っていた。視界の端に男の姿を捉《とら》えた椿の足が止まり、同時に呼吸も不自然に一息止まる。

別にどうってことない。私に危害を与えてくる訳ではない。

強《し》いて、椿は自分にそう言い聞かせた。そうだ、以前あの男が私の方を見たように思ったのは、たまたま顔を上げるタイミングと合っただけのことだ。今回も私は買い物に向かうただの通行人に過ぎない。だからこのまま歩いていればいい。そう思っているのに、足が動かない。

男が上着のポケットに手を入れ、群がる鳩たちに餌をまく様子を、椿は固まったままで見続けた。つい、あの餌は自分がハト子にやっているものと同じだろうか、それともあれだけの数の鳩を集められるぐらいだから、特別な餌なのだろうか、と考えてしまう。

時間にして、ほんの三十秒ほど。椿は足を止めたまま鳩と男の姿を凝視してしまったが、このまま見続けている訳にはいかないと思い返し、ようやく足がスーパーの方へと再び歩きだしてくれた。良かった。このまま何事もなく牛肉を買おう。そして帰って肉を食べ、ハト子に餌をやろう。公園から一歩ごとに遠ざかりながら、椿の心は安堵《あんど》していった。

「ねこぜ」

低い声で放たれた、平坦なアクセントの言葉の意味を、椿は理解しそこねた。歩くスピードを緩め、ねこぜ、ネコゼ、猫背、と頭の中で変換を繰り返しているうちに、背後に足音が近づいた。踵の一部を常に引きずるような、特徴的な音だ。

「猫背」

はっきりと、背後の声と『猫背』という言葉の意味が結びついて、慌てて振り返る。さっき公園のベンチにいたはずのチューリップハットの男が、腕を伸ばされたら摑まれそうな距離に立っていた。目深に被った帽子のせいで今は顔は見えない。

「そうだ。お前だ、猫背」

悪口かよ。そりゃ確かに姿勢が悪いうえに疲れてるから猫背にもなろうってもんでしょうよ。それがあんたに何か迷惑かけた?

不快感や警戒感よりも先に文句が出そうになって、椿は唇を引き結んだ。ここで下手に悲鳴でも上げたら、逆上されかねない。

「なにか?」

なるべく冷静な声を意識しながら、人通りの多い道はどっちなのか、思考の端で方向を確認していた。あいにく、周囲に人の姿は見えない。いざとなったらようやく足に馴染んできた五センチヒールを脱いででも走って逃げるつもりでいた。

自分が何か落とし物をして届けてくれたのかもしれない、道でも尋ねられるのかもしれない。善良な想定が浮かばないでもなかったが、何よりも椿の頭を占めたのは、やばい、の三文字でしかなかった。

「あの。なにか、私に用ですか」

椿は痺《しび》れを切らして、重ねて聞いた。相手は年寄りといえるほど腰が曲がっている様子でもないが、椿と同じぐらいかそれより小さく、特別筋肉がついているようにも見えない。何かあったら逃げるよりも抵抗した方が怯《ひる》むのかも、そこまで考えた時、相手の口がゆっくりと開く気配がした。

「しろい、はと、を」

さっき猫背と言われた時のように平らな発音で、そう言われる。白い鳩。言葉からのイメージと、ベランダで餌を食べていたハト子の姿が結びついて、呼吸がうまくできない。

「猫背。お前、白い鳩を飼っているな？」

椿が意味を咀嚼《そしゃく》するタイムラグの間に、男はチューリップハットのつばを上げた。顔の下半分を覆う髭の奥で、白い歯が笑っている。なんで。どうして、この男が知っているのか。椿が言葉にならない思考に混乱しているうちに、閉じられていた瞼《まぶた》がゆっくりと上がって、白目がちの眼球がこちらを捉えていた。

三

今すぐにパンプスを脱ぎ全力で逃げろ。

なんなら財布とスマホが入ったままでもいいから鞄をぶつけてもいい。

椿の脳がそう指令を出す。直感は正しい。私は逃げるべきだ。

なのに、足が動かない。男がこちらを凝視している、その顔から視線を外せない。動かない体の中で、思考だけが普段の五割増しで回転を続ける。

『白い鳩を飼っているな？』

男が発した疑問の声が椿の脳裏で再生される。なんで、どうしてこの男はハト子のことを知ってるの。ただくたびれた格好をして公園で禁止されている鳩への餌やりを続けているだけなら、『なんか変な人』で済むけど、私が鳩を飼っていることを知っている時点で、この男は私の生活をどこかから見ていたという『やばい人』の可能性が出てくる。

やだなにこいつ、まさかストーカー？

答えが先に出て、椿は納得する。世の中、ストーカーに悩まされる女というのは変態を引き寄せるほどの美人や、余程たちの悪い男と付き合っていた過去がある人だと思っていたから、まさか自分がそんなものにご縁があるとは思わなかった。世の中、マニアというものはいる。

「おい、猫背」

そんなマニアに一般的な常識が通じるとは思えない。厄介な予感しかしない。椿は自分の方に向かってゆっくりと伸ばされた男の手を、裏拳の要領で思い切り弾《はじ》いた。

「触らないでください。警察呼びますよ」

「いや別に変な意味で触ろうとした訳では。固まってたから具合でも悪いのかと思って」

「スマホで録画なり録音したら後で十分な証拠になるんですから。大声出したら誰か気づくし。今、迷惑防止条例とか、ストーカー規制法厳しいの知りません？」

「ストーカーとか何の話だ。俺は」

「いくら私が男運ないからってストーカーに執着されて嬉しいとかそういうのないです。法と世の中は今それなりに女の味方なんだから私におかしなことしようもんなら」

「違う」

「じゃあ何で私が白い鳩を飼ってるって知ってるんですか」

勢いのままにまくし立ててから、椿ははっと息を吞んだ。しまった。これでは白い鳩を飼っていると自白したようなものだ。もしこいつが変態ストーカーでハト子のことを知っていたとして、ベランダで鳩を飼っていることを認めてしまえば違法だの賃貸の規約に反するだの逆手にとって何か言ってきかねない。

口を噤《つぐ》んだ間にも、こめかみを冷たい汗が伝っていく。

「やっぱり飼っているんだな」

にやりと、男が髭の間から歯を見せて笑う。違う、飼ってない、と否定しようとして口が動かない椿に構わず、男は「そうか」「やっと」「まあいい」などとぶつぶつ独りごちている。その姿に、椿はようやく思い至った。

「おじさん、ハト子……いえ、あの白い鳩の、飼い主さん、ですか?」

言葉にすればあちこちつじつまが合う気がした。そうだ、鳩に餌をやっていたぐらいだから鳩好きの人で、自分の白鳩がいなくなったので探していたのかもしれない。そしてたまたまベランダにいるハト子と餌をやる私を見つけて、鳩を返して欲しいと声をかけてきたのかもしれない。

椿の中で、これでようやく予定外の同居人と別れられる、という安堵の気持ちと、ハト子が来る前のすすけたビーチサンダルが転がっているベランダのイメージが対立した。

そして即座に自分の考えを否定する。違う、ハト子がいなくなったら淋しいとかではない。本来の、自分一人の生活に戻るべきなのだ。あの白鳩が死ぬまで飼うとか、私にはできない。

ひとつ、息を吐いて「なーんだ、そういうことでしたか」と無理に明るい声を出す。「早く言ってくれればいいのに。よかった飼い主が見つかって。少し怪我してるけど元気ですよ。すぐお返しします」

本来の飼い主が探してくれたのなら、ハト子を引き渡してハイおしまい。むしろ自分には『傷ついたペットを保護して無事に飼い主に渡した善い人』というオプションが残るのだ。飼い主も喜んでくれる。そう自分を納得させてチューリップハットの下にある顔を見た。

「返さなくていい」

「は？」

今日が月曜なら明日は火曜、というようにさも当然の顔をして、男は「返さなくていい。返す必要はない」と繰り返した。

「どういうことです。あなたの鳩なんでしょう？」

「確かに、あいつに餌をやり、一定期間保有していた時には『俺の鳩』だった。しかし今はそうではない。おまえの手元にあり、おまえが稼いだ金で買った餌を与えられている以上は、あれは猫背、『おまえの鳩』だ」

淡々と為《な》された説明に、椿の頭が思考を放棄しかける。私が餌をやっているのなら、……私の鳩、なのだろうか？

「いやいやいや。何言ってんですか」

自分まで納得しそうになって、椿は大きく首を振った。

「あなたが飼育してたんでしょ？　で、逃げたの？　飼育放棄したの？　どっちだか知らないけど、手元からいなくなっても飼い主の責任は果たさなきゃいけないでしょう。ちゃんと引き取って下さいよ。じゃないと私も困るんです」

「あれは、そんな、普通の家畜やペットに対する常識がまかり通る鳩じゃないんだ」

「はあ？」

椿の口から、遠慮会釈なく小馬鹿にした声が出た。本当に、馬鹿なのかこの男は？　あるいは絶対に話が通じない種類の人か？

世の中には、自分が関わった動物を「特別なペットだ」「ただのペットじゃなく家族だ」などと、やたら特別扱いしたがる輩《やから》が一定割合いる。彼らが自分ルールを他人にまで強いた結果、諸々のご近所トラブルや行政との諍《いさか》いを起こすのだ。半年前、情報誌で問題提起を兼ねて特集した内容を思い返し、椿は納得した。

情報誌の特集としての評判は上々だったが、編集部は所謂《いわゆる》トラブルメーカー側からの理不尽なクレームを処理する羽目になり、椿はそういう種類の人にまったくいい印象を持てずにいる。

この男もそういう特殊なペット愛に支配された人かもしれない。そう考え、椿は背筋を伸ばした。

「あのですね。お気持ちは分からなくはありませんけど、妙な思い入れでペットを人に押し付けないでくれます？」

強いて、丁寧かつ柔和かつ、断固として退《ひ》かない姿勢で説明することにした。ここで人の我儘《わがまま》まで聞き入れる理由は自分にはない。

「確かにあの白鳩は可愛らしいところもありますけど、それとは関係なく、私としては元の飼い主さんにお返しするのが筋だと思うんですよ。その方が鳩も喜ぶと思いますし」

「それはないいな」

平坦な口調で断言されて、椿の勢いが削《そ》がれる。そのまま、男は「それだけはない」と繰り返した。

「鳩は、あれは、偶然お前のところにたどり着いたのではない。お前のところを選んだんだ」

今度こそ、相槌さえ打てずに椿は固まった。選んだ？　ハト子が、自分を？

「……そこのところを説明すると長くなる。場所を変えるか」

男が小さく舌打ちして周囲を見ると、道行く人々が椿たち二人に怪訝《けげん》な目でちらちら視線をやりつつ通り過ぎていく。確かに、こんな道端で、路上生活者っぽい人にいかにも会社帰りの女が強めにまくし立てていたら、面倒事の真っ最中と思われてしまいかねない。下手をすれば警察を呼ばれ、しかも本当のことを話せば立場が悪くなるのはベランダで鳩を飼っている自分の方だ。

「ついて来い。腹が減ってるんだろう。いいものを食わせてやる」

戸惑っている椿に背を向けて、男は両踵を引きずるように駅の方向へと歩き始めた。

「いえ別に、私、お腹空いている訳では」

「お前は来る。そうだろう？」

「行きませんって」

そもそも、こんな見た目の、鳩を引き取らないと言い張る怪しさ満点の男と食事になど行きたくない。そう言おうとした時、男が鼻で笑いながら振り向いた。

「さっき、歩いている時に『肉、牛肉、肉』とぶつぶつ言っていただろう」

牛肉を買って帰ろうと思っていたことが口に出ていたのか。しかも、この男に聞かれていたなんて。

椿は悪態さえ思い浮かばず、真っ赤になるしかなかった。顔と耳を隠すようになるべく地面を向きながら、男の数歩あとをついて歩いた。

ここで逃げるという選択肢もある。しかし一応、ハト子についての話だというなら、連れて行かれる場所にもよるが、話を聞いてから逃げるというのも手かもしれない。バッグからスマホを取り出し、どのボタンをどの操作で動かせば防犯ブザー代わりになるんだっけ、と思い出しながら男との距離を少しつめた。


男は振り返ることなく歩いていった。夕方の人ごみと、特徴的な歩き方のせいで速くこそないが、淀《よど》みない歩調だ。後ろから見る限り、背筋も伸びきっている。椿は連れだと思われない程度に二歩後ろをついていく。すれ違っていく仕事帰りの人々はチューリップハットとくたびれた上着の男など強いて視界に入れていないようだ。自分も普通に歩いていたら無意識にそうするだろう。

少しだけ、やっぱりこのまま帰ってしまおうかという気になる。普通に考えればリスクしかないし、もし何か後悔する羽目になった時、『いいものを食わせてやる』という言葉にホイホイついて行って取り返しのつかないことになりました、では間抜けすぎて泣くに泣けない。そもそも殺されでもしたら後悔のしようもないのだ。

その一方で、椿の脳裏は『いや、ハト子のことを知られているのなら住所も押さえられているということだ、ならいっそのこと、話に乗った振りをして、できるだけハト子のことを聞きだした上で警察に突きだそう』という考えで占められている。結局のところ、普段の生活から一歩離れてしまったこの状況を何らかの形で打破したい自分がいるのだ。

そして、肯定したくはないが、心の隅では何が起こるのか見届けたいという気持ちがあるのも認めざるを得なかった。

そういえば自分は子どもの頃、木登りで枝の先のどこまで行けるか挑戦して見事に枝が折れて地面に落ちてしまうタイプだった。しかも何度も同じ過ちを繰り返しては親に雷を落とされた。もういい歳《とし》だというのに、自分の本質はあの頃から大して成長していないのかもしれない。片手に持ったスマホを握り締めながら、椿は密かに溜息をついた。

椿は前を歩く男とつかず離れずの距離を意識しているうちに、結構な距離を歩いていることに気づいた。もう二、三駅分は歩いただろうか。自宅の方向からは離れてきたのに、なんとなく見覚えのある建物が並んでいる。

梅見台商店街だった。例の、鳩の雑貨が並んでいる伊藤工作所がある商店街だ。時間帯ゆえ、主婦や仕事帰りの人々が惣菜店や精肉店などの小売店に立ち寄っている姿が視界に入る。

　なんでこんなところに。コロッケでも奢《おご》ってくれるというのか。そう思っていると、チューリップハットの男は信号もないのに立ち止まって椿を振り返った。

「毒食わば皿まで」

「はい？」

　自分の思考を見透かされた気がして、思わず間抜けな声が出る。男は目の前の雑居ビルを指した。

「……なんて慣用句があるが、毒の心配はしなくていい。ここには美味いものしかない」

「ここって……『サンタモニカ』？」

　男が示しているのは、ビルの一階に入っている小さな店構えの飲食店だった。椿には見覚えがある。三か月前、福田が担当して誌面に載せた店だ。確か、欧州風創作料理と、価格帯が安い割に幅広いラインナップのワインが売りの店ではなかったか。平均客単価もそう高くない、女一人でも気軽に入れる店として紹介されていた。

　撮影された料理の写真はどれも美味しそうで、椿も一度行ってみたいと思っていたが、福田の取材先というだけでなんだか足が遠のいてしまっていたのだった。

　この店だったら、居酒屋に毛が生えたようなものだ。客もそれなりに多い筈だし、万が一身の危険を感じることがあっても周囲に助けを求めることができる。少し安心できる材料を見つけて、椿はいくらか肩の力を抜いて店に入った男の後に続いた。

　入り口に置かれた黒板の『本日のスペシャル　高原和牛のモモ肉カットステーキりんごサラダ添え』という言葉につい目がいく。店内は明るく、カウンター席と広めのボックス席は三分の一ほどが埋まっている。壁のところどころに飾られたウォーホルのポスターが妙なポップさを醸《かも》し出しているが、それぐらいの方が確かに気楽に足を運べてくつろげるのかもしれないと椿は思った。

「いらっしゃいませ。……あ、お待ちしておりました」

　カウンターキッチン越しに愛想よく笑っていたシェフらしき男が、チューリップハットを見るなり笑顔を消して頭を下げる。

　お待ちしておりましたってどういうことだ。しかも顔を見ただけで反応していた。この男、今日予約していて、しかも顔見知りなのだろうか。疑問を抱く椿をよそに、男はシェフに「おう」と声をかけた。

「予定が変わって、一人増えたんだが、構わないか」

「ええ、大丈夫です。問題ありません」

シェフが幾分硬い声で答えるのと同時に、こちらへどうぞ、と慣れたふうでカフェエプロン姿の女性が案内に立つ。店の一番奥にある『予約席』のスタンドが置かれたテーブルを通り過ぎ、手洗いのある廊下へと出た。

あれ、予約席に座るんじゃないの？　トイレ？　と内心首をかしげる椿に構うことなく、女性も男もどんどん店の奥へと足を進める。『STAFF ONLY』の札がついたドアが開かれ、地下への階段を下り始めた。何の飾り気もない、コンクリート打ちっぱなしの階段だ。

ワインセラーの片隅とか、奥の従業員スペースでまかない料理でも出されるんだろうか。そう思っていると、地下階のドアが開かれ、椿も中に入った。

「ここは……」

椿は一瞬、言葉を失った。十畳ほどの地下室には大きなテーブルが一つと椅子が四脚。白い壁とダークブラウンの腰板に囲まれ、足元は毛足の長いワインレッドの絨毯《じゅうたん》でふかふかしている。

天井には小ぶりなアンティークのシャンデリアがかかっていた。控えめな光量に照らされたテーブルと椅子も、よく見るとロココ調の見るからにお高そうなデザインだ。テーブルにかけられたクロスには染みも皺も、使われた痕跡ひとつない。一人分のナプキンとカトラリーが並べられていたところに、手早くもう一人分が追加された。

男はチューリップハットと上着を女性に預けると、まっすぐ奥の席に座った。上着と帽子の下は意外にも清潔そうな白いシャツとカットしたばかりにさえ見える短髪で、存外この人、若いのではないかという印象を椿は得た。くたびれたチューリップハットと密度の高い髭のせいで誤魔化されていたが、椿よりも一回りくらい上か、もしかしたら同年代なのかもしれない。

それにしても、黒スーツのアル・パチーノが葉巻でもくゆらせながら部下の報告を待っていそうな部屋に、なんでこの男が悠々《ゆうゆう》と座り、ニッセンで買ったブラウスを着た仕事帰りの自分が一緒にいるんだろう。そもそも、美味しいコロッケ八十五円が人気の梅見台商店街にこんな部屋があるなんてとか、そもそもどういう存在意義が、とか、椿の脳内は疑問だけで満たされる。

「何をしてるんだ。座れ」

呆《あき》れたような男の声に促《うなが》されて、椿は恐る恐る向かいの椅子に腰かける。バッグとコートをお預かりします、という女性の言葉を丁重に断って椅子の下に置いた。いざという時にすぐ逃げられると思っていた方が気が楽だ。椅子に座ると、尻の下に分厚い座面を感じた。

客単価、コースで二万五千円～（サ別）、ワインの価格帯がボトル三万円～、といったところだろうか。仕事柄、部屋の隅まで目をやりながら、椿は記事にした場合の文面をつい考えてしまう。自分にご褒美の贅沢空間、特別な記念日を彩る非日常ディナー、そんなところだろう。会計、もし自分持ちになったら財布の現金では足りない。カードは使えるだろうか。

想定していなかったことに対して椿が空想の中で現実逃避を図る一方、男はワインリストを手に軽く首を捻《ひね》っていた。

「猫背。お前、重い赤は大丈夫か」

「はあ、むしろ好きです」

男はてきぱきと迷いなく女性にオーダーを終えた。ブリオンとか九八年とかいう単語が断片的に椿の耳まで届いたが、聞き間違いだったと思うことにした。もし出されても飲まない方がいいかもしれない。たとえどんなに美味しそうなワインであっても、だ。椿は自分の決断力を動員してそう戒《いまし》めた。

女性が奥の部屋に消え、いきなり本題に切りこむよりは少し迂回しようと椿は腹をくくる。

「あの。私、猫背じゃないです」

「猫背だろうが。背中を丸めて、つまらなそうに歩いている」

「毎日疲れて歩いてるんだから背中だってそりゃ丸まりますよ。そうだけど、そうではなくて。私の名前は猫背ではないです。変な仇名《あだな》で呼ばないでください」

「じゃあ何て呼べと言うんだ」

じろりとねめつけられて、椿は口を閉じる。どうにもこの人との会話は最初から誘導されている気がしてならない。名前を教えたくない。表情を読んだのか、男がどうでも良さそうに息を吐いた。

「言いたかないだろ。俺だって別にお前の本名なんざ知りたいと思わない。だから直感でお前を呼ぶだけだ、猫背」

「……はあ」

猫背と呼び続けられることに釈然とはしないが、本名を知られるよりはまだ良いのかもしれない。しかしまだ少し悔しくて、椿は男を少し睨みつけた。

「じゃあ、あなたのことは何て呼べばいいんですか」

「幣巻《ぬさまき》、と呼べ。こっちも本名じゃない」

「ぬさまき、さん」

「紙幣の幣を巻く、と書く」

「はあ」

なんかバブリーな仇名で腹立つ。私なんて猫背だぞ、と文句の一つも言いそうになり、やめる。代わりに、わざとらしく室内を見回した。

「幣巻さんは、ここ、よく来るんですか？」

「わりと」

「いい雰囲気ですね。こんなお店が商店街にあるだなんて、私、知りませんでした」

「だろうな」

会話が継続しない。うわべだけ、かつ棒読みのような会話を試みた自分も悪いが、幣巻も相当たちが悪い。大きなテーブルの間に流れる沈黙をまるで気にするふうでもなく、腕を組んで卓の中央にある控えめなフラワーアレンジメントを眺めている。白いバラとカスミ草が使われているが、よく見るとプリザーブドフラワーだった。

幸い、短い沈黙のうちに女性がボトルとグラスを持って来て、慣れた手つきで準備をした。グラスに注がれた少量のワインが幣巻に渡される。こちらも、さも当然のようにグラスを回して香りを確認し、口に含む。

「問題ない」

「ではお注ぎ致します」

流れるような所作で椿にもグラスが回される。黒味がかった深い赤。立ち上る香りだけでも、上等なものだと知れた。

「食前酒やらは飲まない主義でな。悪いが一本で前菜から最後まで通す。付き合え」

乾杯の代わりにそう言い、幣巻はグラスを傾けた。椿も一瞬ためらいながら、誘惑に抗えずに口に含んだ。アルコール度数の高そうな濃い発酵液が舌を転がる。歯茎と、頬の裏と、舌を酸味と甘みが洗っていく。ゆっくりと喉の奥へと転がっていく頃、ようやく渋みが舌を刺激し始めた。

ウォツカのように極端なアルコール度数のものを飲んだわけでもないのに、胃に落ちた一口ぶんが存在感を発して燃えるようだ。葡萄《ぶどう》と土のミネラルと酵母菌が全員全力で本気を出しているのを感じた。

悔しい、と椿は思った。こんなに強い存在のワインを飲んだのは初めてだし、幣巻の主義とやらでこれに合った料理がまだ出てこないのが腹立たしくてならない。

「美味しいです。空腹には辛いぐらいに」

率直にそう言うと、幣巻は眉を上げて笑った。本当に嬉しいようだった。

「せめてチーズとか、ないんですか」

「まあ待て。すぐに料理が来る」

幣巻の言葉通り、女性がすぐに一皿目を持ってきた。

「色どり野菜の温サラダです」

インゲン、ブロッコリー、何種類かの根菜、南瓜《かぼちゃ》……。白い皿に盛られた温野菜は一見無難で、特別な材料は何もない。それこそ店を出て近くの青果店で揃えたような材料だ。

しかし注意深く見るとそれぞれの野菜は繊細なカットを施され、丁寧な処理をされていることが分かる。僅《わず》かな湯気と共に立ち上る香りにも複雑な酸味が含まれていた。食欲をそそる。椿の胃がぐるりと動いて、音が鳴りはしなかったかと一瞬焦った。

「まずは食え。腹を満たした状態じゃないと満足な思考もできんだろう」

さっき、ストーカーだなんだと妙な方向にカン違いしていた自分を思い出し、椿は誤魔化すようにカトラリーを手にとった。重さですぐに純銀製だとわかる。

「……ちょっと失礼しますよ」

フォークを野菜に突き刺す直前、ふと思い立って立ち上がり、まだ手のついていない幣巻の皿と自分の皿をそっくり取り替える。皿は程よく温められていた。

「薬を仕込んでるとか、そういうことはないぞ」

「念の為です」

「信用ないな、俺」

「初対面で信用が発生すると信じられる方が驚きです」

あえて幣巻が手をつけるのを待たずに紫色の蕪《かぶ》にナイフを入れる。適度な手ごたえ。やはり野菜の種類ごとに熱の入れ方を変えているのだろう。口に入れて咀嚼すると、歯を控えめに押し返す心地よい噛《か》み心地とドレッシングらしき甘酸っぱさが口いっぱいに広がった。酸味と野菜特有の甘さが丁度いい。

味の濃い、良い素材と丁寧な処理。料理人の誠実な仕事が垣間《かいま》見られた。

「美味しい」

情報誌の記者としては言葉が足りない賛辞に、幣巻が野菜を口に突っ込みながら頷く。カチャカチャと音を立ててもりもりと食べるその様子に、椿もどこか肩の力が抜けて多少行儀悪く料理を口に運んだ。変にマナーに縛《しば》られずに旨い料理を食欲のままに食べる。行儀は悪いが一番美味しい食べ方だ、と椿は思った。

空になった皿と新しい皿が次々と入れ替えられていく。山羊《やぎ》の胃袋の冷製トマト煮込み。鰈《かれい》のムニエル、仔牛の胸腺のラヴィオリ。それに異様に小麦の味が強いバゲットと普通の倍ぐらい旨みの強い謎のコンソメスープがサーブされた。

幣巻は何も喋らず、注意深く料理を噛んでは平らげる。二人の間で会話がないこともあり、自然、皿が出されるピッチは速かった。

椿は情報誌の編集という仕事上、自分の嗜好《しこう》外も含めて外食産業の傾向や流行を把握している方だと自負している。今東京で一番予約が取りにくいフレンチレストランから、地方の名物食を売りにする郷土料理店まで、どんな店もカバーし記事を書けるように心構えを欠かさない。

その椿をして、この部屋で出された料理は癖が強いと言わざるを得ない。どれもこれも、塩や香辛料がきつい訳でもないのに素材の味がいちいち濃い。それぞれの皿が食欲の塊となって、椿の胃に殴りこんでくるようだった。幣巻に会う前に頭の中を占めていた一枚二千円の牛ステーキ肉など記憶の彼方へと蹴り飛ばされていた。

不本意ながらワインが進む。幣巻が黙って食べて飲んでいるのをいいことに、それに倣《なら》って椿も黙々と食べては合間にグラスを傾け、パズルのピースがぴったりと合ったような組み合わせの妙に逐一感動した。

「これ、お料理にぴったりのワインを選んだんですか。それとも、ワインに合わせてメニューの設定がしてあるんですか」

「両方だ。俺は何でも、濃いやつしか飲み食いしたくないから、シェフもそれに合わせてメニューを絞ってある」

「なるほど」

この店、いや、この部屋に通される客というのは何人ぐらいいるものなのだろう。幣巻一人であるはずがない。濃くて手の込んだ味に金を惜しまない何人かの客のために設定された趣向なのだろうと椿は予想をつけた。高い趣味だ。金も、意識も、高すぎる。

「脳細胞を、ものを食うことに集中する以外に使う余裕はないぞ。次はメインだ」

まだこれからメインなのか。椿は自分の胃袋が品数の多さにいい加減にしろと不満を訴えている声を聞いた。しかし、ここで出てくるメインとやらが一体どんな逸品なのか。胃よりも脳が新しい刺激を欲してしまっている。

前の皿から少し時間が空いて、給仕の女性が白い大皿を二枚ホールドして近づいてきた。その一歩ごとに、ワインを濃縮したような香りが強くなってくる。

「メインの、ご予約されてた品です。天然物が入って幸運だったとシェフが申しておりました」

「そうか、ありがとう」

これまでの皿と違い、料理の名前も告げられないまま二人の目の前に皿が配される。目の前にサーブされた皿の美しさに椿は息を呑んだ。一瞬だけ、スマホを取り出して写真を撮ろうかとさえ考えてしまう。仕事用のカメラがあったら資料用にと実際に撮っていたかもしれない。

中央に、ローストされた鳥の脚と胸肉が鎮座している。表面の皮がパリパリに焼けていかにも香ばしそうだ。

　肉の下に敷かれたソースは深い赤褐色をしていて、白い皿と相まって美しい。添え物は潔《いさぎよ》く一切無し。ソースで皿を洒落《しゃれ》た雰囲気に飾る色気も排《はい》してある。肉とソースだけでの味の勝負。料理人の本気と自信が感じられた。椿の舌の付け根が勝手に収縮し、唾液が滲《にじ》み出る。

「これ、何の肉ですか」

　もっともな椿の質問に、幣巻はカトラリーに手を伸ばしながら答える。

「鳩だ」

「鳩!?」

　平然と答えられたその正体に、椿の声が高くなる。思わず、目の前の肉と、肉にナイフを入れようとしている幣巻を交互に見た。

「何を驚いている。普通に食材として使われて問題ないだろう」

「いえ、そうですけど、でも……」

　ワインで気持ちよく温められた体を、一気に冷水に浸けられた気がした。確かに鳩は日本の日常生活ではあまり食べないが、幣巻の言う通り、食材として扱われてなんの問題もない。フレンチの店なんかでは時折見かける食材だ。

しかし、鳩に餌をやっていた男と、迷い込んだ鳩の真相を聞きだすべく入った店で、鳩の肉を食べるなんて。しかも、幣巻と店側のやりとりを思い返すに、事前に予約をしてわざわざ特別な鳩を取り寄せていたようだ。思い立って私に嫌がらせのように鳩を食べさせようとした訳じゃない。

香ばしい湯気を放つ皿と、ベランダで椿の帰宅を待っている白鳩の姿が重なって、椿はナイフとフォークを手にとれない。

「冷めると不味《まず》くなるぞ。せっかくの鳩だ。ベストな状態でサーブされたのだから、すぐに食べることを勧める」

「はあ……」

椿とて食べ物を無駄にするのは嫌だ。残すのはもちろん、温かいうちに食べるべきものを冷めてから食べるのは信条に反する。

もう半分以上肉を食べている幣巻を一度睨んでから、椿も自分の肉にナイフを入れた。皮のぱりっとした手ごたえと、その下の筋肉質な繊維の存在を感じる。

これは鳩。鳩だけど、食べられる鳩。鳩だけど、ハト子とは違った鳩。食べていい鳩。美味しそうな鳩。

自分の心に言い聞かせつつ、勝手に湧いてくる唾液を飲み込んでから、椿はフォークの先でソースを滴らせている肉を口に運んだ。

硬くはない。しかしスーパーの精肉売り場に並んでいる鶏肉がいかに水っぽくぶよぶよ柔らかいだけかがよく分かる、締まった筋肉の硬さ。そして嚙むごとに皮の下に潜んでいた脂が筋肉の間を通って滲み出る。

肉なのに、ほんのりとレバーのような風味を感じるが、臭いとか嫌みがあるわけではなく、むしろ肉の味の濃さを引きたてている。それが、ワインの香りを纏ったソースと口の中で混ざると相乗効果で強い香りが鼻から抜ける。

その香りが消え去ってしまう前に、もう一切れを口に入れたくなる。結果、咀嚼しながら次の一口のためにナイフを動かし続けることになった。

「ワインを忘れるな」

幣巻からクレームが入って、肉が喉の奥に吸い込まれてすぐ、ワインを口に入れる。喉の奥からなお口に昇ってくる香りと、新しく迎え入れたワインの香りが混ざって肉とワインの風味がぴたりと組み合っていった。さっきまで出ていた料理のどれとも合うワインだったが、この一皿は格別だ。

「料理とワインが、こんなにぴったり合うの、初めてです」

椿の素直な感想に、幣巻はにやりと嬉しそうに笑った。なぜ自分が鳩に餌をやる不審者と、梅見台商店街の地下でこんな鳩料理を食べているのか。そんな疑問が自分の奥歯ですりつぶされて、ワインと共に胃へと流し込まれていく。

「幣巻さん、鳩が好きなんだと思ってました。公園で餌やってたし」

「ああ、確かに好きだ。鳩が旨そうに餌を食ってるところを見るのは、特に好きだな。必死だという感じがするだろう」

「必死？」

「生きるために」

大ぶりのひと切れを口に運び、咀嚼しながら幣巻は言った。まるで自分も生きるために鳩を食っているのだと言わんばかりだ。

「好きなのに、鳩、食べられるものですか」

「好きだから食べる。食べられるから好き。食べられない鳩のことも好きだ。俺の中に矛盾はない」

そうですか、と曖昧に相槌を打って、椿は硬いバゲットを手でちぎった。肉もおいしいが、ソースも手が込んでいるようだ。バゲットのかけらをソースに浸して食べてみる。スパイスと、フルーツと、ワインと、あとは少し鉄のような香りを感じた。

「このソースは何ですか？」

「煮詰めたワインと、鳩の血を使ってある」

「血!?」

肉と合わさった時には気づかなかったが、確かに、これは血のソースだ。ただし、前にフランスに行った時に食べた豚の血の腸詰とはまた違って、雑味はほとんど感じない。

「鳩も、鳩の血も、初めて食べます」

椿が残りの肉に取りかかると、既に皿を空にした幣巻がグラスの底に残っていたワインを飲み干し、ナプキンで口をぬぐった。

「今回は、鳩とはいっても雉鳩《きじばと》だ。別にその辺にいる土鳩を捕ってきて食ったわけじゃない」

「なるほど」

残り少なくなってきた肉のひとかけらをフォークの先に刺してゆっくり嚙みながら、椿は行儀悪く頷いた。公園や道端で見かける灰色の鳩は土鳩といい、森なんかにいるちょっと茶色がかった鱗模様《うろこもよう》を持つ鳩は雉鳩という。ハト子を養い始めた時に調べた情報にそういう内容があった気がする。

「雉鳩っていうと、ドドーッポゥポゥポゥっていうやつ」

「そうだ。ドドーッポゥポゥだ」

「長野の実家でよく聞きました。あれって食べるとこんなに美味しいものなんですね」

「もちろん料理人と、処理と、あと鳩が生きている時に食べる餌にもよるがな」

「へえ」

淀みなく答える様子を見るに、やはり鳩にただ餌をやっているだけではなく、かなり詳しいようだと椿は当たりをつける。生きている鳩にも死んだ鳩にも普通の人間以上の知識と、もしかしたら経験も持っている。

椿は最後のひと切れを口へと運んだ。幣巻が楽しそうに口元を歪《ゆが》めてこちらを見ているのが癪で、挑むように見返しながら咀嚼する。少し冷え始めた肉は血の味が濃くなっているような気がしたが、それもむしろ美味く感じた。飲み込み、ナイフとフォークを置き、手を合わせる。

「ごちそうさまでした」

「お粗末でした、とは言わんぞ。挨拶とはいえ粗末だなんてのは腹の中にいる鳩に失礼だ」

「はあ」

めんどくさいこと言いだしたな、とは思いつつ、椿は幣巻の言った通りに自分の腹の中にはついさっきまで皿の上に鎮座していた鳩がいるのだと認識した。それだけで、胃もたれを起こしそうだった。

椿が食べ終わってすぐに、給仕の女性は皿を下げにきた。代わりにエスプレッソと何かの葉があしらわれた白いソルベを置いていく。レモンソルベと思いこんでスプーンを入れた椿は面食らった。舌の先がぴりぴりする。生姜だ。

重いコースの最後にいきなり和風デザートとは驚いたが、お陰で口と胃の中がさっぱりと仕上げられた気がした。鳩の気配が口から薄れる。それでもなお、自分の胃の中に鳩の肉があるのだという感覚は消えなかった。

「さて、鳩で腹が膨れたところで、鳩の話をするか。生きているほうの」

早々にソルベを片づけ、エスプレッソを砂糖なしで啜る幣巻が口火を切った。

「あの白鳩はなんなんですか？　私を選んだ、とは？」

椿は直球で尋ねる。食事は終わった。回りくどいことは抜きだ。ハト子の正体を聞き出し、いや、もし聞きだせなかったとしても、もとの持ち主であるのなら無理矢理にでも返すまで。そう決めていた。

「逃げて辿りついた先がたまたまうちのベランダだったからって、あの鳩が私を選んだなんて都合のいい解釈するんなら、それは違うと思います」

「そんな解釈では追いつかんさ。たまたまなんかじゃない。あの鳩なりの価値基準と判断

で お前の部屋を選択し巣とした。俺はそこに至る全行動を把握している」

まるで、『うちの子が何を考えているか私は全部わかるの』という飼い主の言い分だと思い、椿は内心うんざりする。謎の精神論を持ち込まれて押し切られてはたまらない。

「あのですね」と異を唱えようとすると、幣巻は尻ポケットに手を伸ばし、掌大のものを引っ張り出した。

「GPSが埋め込んである。超小型のな」

「は?」

幣巻はiPhoneを手にしていた。あ、スマホとか使うんだ、というかGPSって、と呆《あっ》気《け》にとられる椿をよそに、数度タップして切り替わった画面をこちらに見せてきた。

Google Mapsに似た地図画面の一か所で、赤い点が点滅している。

「これ、まさかとは思うんですが、うち、です?」

「ああ。白鳩の現在地と、お前の家に至ってからの時間だ」

画面の隅では桁の細かい経度と緯度、そしてタイマーが秒を重ねている。255時間と少し。日数にして、十日ちょっと。

「こんな、なんのために」

「白鳩が向かう先を精確に把握するためだ。他になにがある? 大変なんだぞ。胸筋の奥、飛翔《ひしょう》に影響のない箇所にきちんと埋め込まなければならない。あれには苦労した」

　GPSを埋め込む『作業』を思い出しているのか、幣巻は目を閉じナイフとフォークを使うような動きをした。椿の胃の奥が消化を拒否して奇妙にうねる。料理になった鳩と白鳩は関係ない、と思いながらも、ベランダでうずくまっていたハト子が胸を切り開かれ、その白い羽毛を真っ赤に染めるところを想像してしまう。

「普通じゃない」

　椿の罵倒《ばとう》は簡潔だった。怒鳴りつけてやりたいぐらいだというのに、声が震えるのが悔しい。幣巻はまるで賛辞を受けたかのように嬉しそうに微笑んだ。

「そうとも、普通じゃない。あの白鳩が普通であるはずもない。かつて先代の白鳩に見出された俺も、此度《こたび》選定を受けたお前も、もはや普通じゃないんだよ」

　幣巻の目が潤《うる》んでいる。声も高くなってきた。この男、素人《しろうと》役者かその類なんだろうか。または薬物中毒。あるいはその両方かだ。

　幣巻が語る内容そのものよりも、恍惚然《こうこつぜん》としてきた語り口に椿の本能がざわざわと逆立つ。今度こそ逃げよう。理由なんてどうでもいい。そう思い、席を立って椅子の下に置いたコートとバッグを小脇に抱えた。「すいません私もう帰らないと」と、表面上を取り繕おうとする自分の習慣が憎い。

とにかく逃げる。この男から逃げて、ハト子はもう、どこか遠くへ連れていって野に放つなりしてしまおう。常識や良識をどうこう言っている場合じゃない。

そうだ。常識や良識に囚《とら》われていたら、この男につけこまれる。テーブルに男を残して階段へのドアに手をかけた瞬間、背後から「おい猫背」と声をかけられた。

怒鳴り声ではない。むしろ落ち着いた声だ。だからこそ、椿は男の方を振り返ってしまった。

「逃げられんよ、猫背。お前は俺の次の『鳩護《はともり》』になるんだ」

椿を見ている幣巻の顔は笑っていなかった。表情がない。目の感情が死んでいる。声にも抑揚はないというのに、聞き逃すことを許されない。自分の意思に反して足の筋肉が止まってしまう。

「お前は鳩の血を食ったんだ」

ホッホウ。ハト子が鳴くそのままのリズムで、胃の底がぐにゃりと動くのを椿は感じた。

四

「はい、手羽先揚げ、お待ちどおさん」

大将が厨房《ちゅうぼう》から腕を伸ばしてカウンターに置いたのは、『暮れない』の常連一番人気メニュー、若鶏の手羽先揚げだ。

ひと皿五本で六百八十円。あえて衣をつけない素揚げなのに家庭では再現できないであろうパリッとした食感は、大将の丁寧な二度揚げによるものだ。塩加減もいい。

椿は心待ちにしていたひと皿を前に、おしぼりで指先を軽く拭きなおした。会社の食事会や学生時代の友人との女子会ではしおらしく箸を使うところだが、ここでは素直に一番美味しい食べ方を遂行《すいこう》させてもらう。箸を置き、さっそく手を伸ばした。

まだしゅうしゅうと音がしそうな手羽先に自分の指が触れる直前、隣にいる常連仲間のヨシコがじっと手羽先の皿を見つめているのに気づいて手が止まる。尋常な目つきではない。

「ねえ椿さん」

「なんでしょう、ヨシコさん」

実は手羽先は私の親の仇《かたき》で、とでも言いだしそうなほど真剣に手羽先を見つめるヨシコに、つい手を膝《ひざ》に戻す。ヨシコは以前は普通に手羽先を食べていたはずだ。先週など、彼女は椿が注文した手羽先を五本中三本も食べたのだ。ヨシコは手羽先の一本を指先でつついて続ける。

「週末夜中の情報番組でさ、オリコン人気のカウントダウンやるやつあるじゃない？　それで先週さ、三位の曲で、サビが『羽根を失った翼でもアナタのところまで飛んでいく』ってのがあったのよ」

「うん、聞いたことある。柔軟剤のＣＭで流れてるやつ」

若手女優が天使のような翼を広げ、花弁が降る中をくるくると踊るＣＭだ。可愛らしいし、映像もＣＧをふんだんに使っていてきれいなのだが、何故それが柔軟剤という商品と結びつくのか、よくわからない。

椿の思考が横道に逸れるのにも気づかず、ヨシコはひときわ大きく溜息をついた。

「でもよく考えてみてよ。『羽根を失った翼』ってさあ。フワフワの羽根がない、もしくは抜け去った翼ってことでしょう……」

「フワフワの羽根、が、ない翼。羽根がない……つまりは」

「コレだな」

厨房の大将が、カウンター越しに皿の手羽先を指す。冷静な指摘に、ヨシコが「そうなの！」と大きな声を出してカウンターに突っ伏した。

「天使の翼があるはずの背中から手羽先が生えてたら、はるばる来てもらったとしても、恋なんていっぺんに冷めると思わない？」

「そうだね、背中にあるのが翼じゃなくて手羽先じゃ、ちょっとね……」

椿も、歌詞の意図は分からなくはないのだ。おそらく、移動手段としての翼を失ってしまったとしても、恋する人のもとへとたどり着くつもりだという乙女心を主張したいのだろう。しかし、ヨシコの指摘によって、どうしても『翼そのもの引く羽根＝手羽先』の図式が椿の頭の中で組み上がってしまい、修正不可能になってしまう。

「確かにそれは締まらない……けど、なんてこと言うのヨシコさん。私まであの曲、手羽先の曲としか思えなくなったじゃない。ええい。こうしてやる！」

椿は手羽先の一本を摑むと、そのまま関節をへし折り、太い方にむしゃぶりついた。うん、美味しい。鳥皮がパリパリになるまで揚げられた内側では、若鶏のよく締まった筋肉からじゅわっとした肉汁が溢れ出てくる。塩加減もいつも通り、ちょうどいい。

「そうそう。天使の翼でも手羽先でもどっちでもいいから、旨いうちに食ってくれ」

大将の勧めに悩みを振りきったのか、ヨシコもさっきつついていた手羽先と格闘し始めた。名古屋出身の彼女は、椿よりも手羽先を早く、しかも綺麗に食べ終えてしまう。

「今日もおいしいわー、大将。そうだよね、ご飯がおいしければ、女子力がどうこうとか、どうでもいいよね」

「なにヨシコさん、女子力と手羽先で悩んでたの？」

「うん、女子力のある女って、そんなことに気づかず素直に歌の世界に没頭できるんだろうなーって気づいたら、手羽先に気づいてつまんないツッコミを入れてしまう自分はどうなんだろうって思っちゃって」

ふふっ、と自虐的に笑いながらも、二本目の手羽先に手が伸びている辺り、確かにそれどうなんだろうと椿も言いたくなったが、口を噤んだ。腹を割るばかりが女同士の友情ではない。

「いいんじゃないかね。料理人としては、手羽先をきれいに食べられる人間の方がよっぽどいいと思うが」

珍しく発せられた大将の個人的所見に対して、椿はつい目の前の皿を見た。自分も魚や骨付肉は子どもの頃から親の方針が厳しく、けっこう丁寧に食べる方だと思っていたが、ヨシコの前にある皿に置かれた骨の方が綺麗だ。細く華奢《きゃしゃ》な骨が二本だけ。軟骨のかけらも残っていない。さすがは名古屋人。

「大将……」

何か心に刺さるものがあったのか、ヨシコは若干潤んだ目をして厨房の大将の背を見つめている。いいから片手に持った手羽先、置くか食べるかしろ。そう思いながら、椿も二本目に手を伸ばした。

少し冷えた手羽先も、パリパリ感は変わらず、むしろ食べやすい温度になったことで若鶏のうまみがよく分かる。馴染みの、不安のない、舌にしっくりくる味だ。

その一方で、椿の記憶がもう一つの味を引き出してくる。

皿に盛られた肉の塊。赤いソース。食べる人間の味覚と戦うことで舌を鍛えてくるような挑戦的な滋味。それを煽《あお》ってくるワインの濃厚なタンニン分。

馴染んだ居酒屋とはまったく雰囲気の違う店で、昨日食べた、あの鳩の血と肉。

「ごほっ」

「え、どうしたの椿さん、大丈夫？」

「げほっ、げぇほっ、ごほっ……」

派手に咳込む椿を店中の客が注視する気配がある。大将が目の前に置いてくれた冷たい水が入ったグラスをあおって、ようやく椿は息を整えた。

「ごめん、ちょっと、鶏肉が変なとこ入った」

「もう、びっくりしたよ。ほら、いま若いひとでも誤嚥性肺炎《ごえんせいはいえん》とかあるから、気をつけなよー」

「うん。ごめん驚かせて」

なんでもなかった振りをしながら、椿の背中からは脂汗が引かなかった。さっき、口に入れたのはただの若鶏の肉のはずなのに、自分の唾液腺は、胃腸は、一度食べただけのあの鳩のローストを思い出してうねり、消化液を分泌し、求めていた。派手な咳は、溢れた唾液が気管に入って噎《む》せたのだった。

馴染みのお店、馴染みの面子《メンツ》、馴染みの料理のはずなのに。おかしい。自分の認識に反して、何かがすり替えられている。椿は紙ナプキンを手にとると、咳で汗ばんだふりをして額に浮き始めた脂汗をぬぐった。

「ごめん、今日なんか疲れてるみたいだから、早めに帰って寝るわ」

早く浅くなりそうな呼吸を誤魔化しながら、なるべく普通に笑ってヨシコに告げた。

「ほんとだ、なんか顔、赤いわ。熱でもある？」

「たぶん大丈夫、寝たら治ると思う。はは、最近疲れててさー。じゃあ大将、お勘定お願いします」

「はいよ」

レジで自分のぶんの支払いをしている間も、カウンターのヨシコは心配そうにこちらを見ていたし、普段あまり表情を変えない大将も「ゆっくり休みなよ」と声をかけてくれた。椿はありがたさに「じゃあまたー」と努めて明るく手を振った。

「ごめんね、手羽先なんて変な話して」

自分の話題が原因だと思っているのだろうか、ヨシコが謝る声にも「違うよ大丈夫、気にしないで。またねー」と返すのがやっとだ。今度会ったら、手羽先は関係ないときちんと謝っておかなきゃいけないな、と戒めながら椿は店を出た。


「ただいま」

重いドアにもたれかかるようにして中に入ると、出かける前に目いっぱいスプレーした室内消臭剤の香りと、消臭効果がカバーできなかった生き物の臭いが僅かに鼻に届く。居酒屋で感じた体調の悪化が、慣れた部屋に戻って少しずつよくなってきた気がした。電気を点けると同時に、リビングの隅から「クルルッ」と声が聞こえてくる。ハト子だ。

昨日、幣巻と奇妙な夕食を共にし、この白鳩の体内にＧＰＳが埋め込まれていると聞かされてから、すぐに箱を屋内へと移した。

ベランダに置いたままだと、幣巻が道から端末片手にこちらを見上げ、『ほらやっぱりいた』とでも確認するところを想像してしまい、嫌だったのだ。

「大人しくしてた？」

部屋の隅に新しい場所を得た衣料用フリーボックス、もとい、ハト子の巣は、クローゼットで靴下とパンツ用に使っていた半透明素材のフリーボックスがほぼ同じ大きさだったので、中身を出して上に載せ、逃げられないようにしてある。怪我をして飛べないのは分かっているが、もしもある日、疲れ果てて帰ってみたら、回復したハト子が飛び回って部屋の中をぐちゃぐちゃにし、しかもあちこちに糞をまき散らしていた、という惨状だけは避けたかった。

とはいえハト子の怪我はそれなりに深刻なのか、大人しい性格なのか、餌を用意すればひょこひょこと歩いてくるだけで、今のところ自発的に翼を動かす様子は見られない。椿は苦い気持ちで記憶を手繰《たぐ》るが、幣巻がハト子の胸に埋め込んだ機械は、飛翔に影響がないように埋めたと言っていたので、それは飛べないことには関係がないだろう。あの男を信用したわけではないが、鳩のことに関して、嘘は言わないような予感がする。

これが普通の鳩ならば、飛べるようになったのを見計らって窓からバイバイ、元気になってよかったね、これからは達者で暮らせよと晴れがましい気分で言えるだろうに。たとえハト子の羽が治っても、ホイホイ放りだす訳にはいくまい。

　これは普通の鳩ではないというのなら。

　椿は上着を脱いだだけでハト子の餌を用意しながら、これまでのことを脳裏に思い浮かべる。


「お前は俺の次の『鳩護』になるんだ」

　昨日、あの地下レストランで、幣巻は椿にそう告げた。はともり、って何なんだ。俺の次の、ということは、幣巻は現在の『鳩護』というやつなのか。

　本来、椿にそれ以上聞く義務はない。高価そうな食事とワインを結果的に奢ってもらった形にはなるが、その代わりに男が自慢話だか与太話だかを楽しく話すのを聞いてやる職業でも性分でもないのだ。

「お前は鳩の血を食ったんだ」

　貴重なものを食わせてやったんだから俺の言う事を聞け、という、額面通りの意味ではないだろう。私が食べた鳩の肉と血。そこに発生する義務。鳩護。ハト子が選んだという自分。

「はともり、って何ですか」

「文字通りに、鳩を護《まも》ることを宿命づけられた者だ。あ、字は護衛の護で守る、な」

なんで簡単な方の守るじゃだめなのか。その拘《こだわ》りに理由はあるのか。椿は職業上、字面の理由を追求したくもなったが、それと並行して言われた内容も気にかかる。

鳩を護ることを宿命づけられた。なんだそれは。職業名なのか。給料はもらえるのか。それが仕事の種類だとして、別に自分は転職なんて望んでいないのだが。

いささか混乱した頭で、椿は逃走を選択した。関わり合いにならないのが一番だ。

「よく分かんないですけど、私、帰ります」

「まあ待て」

幣巻はすっと椿との距離を詰めると、片手を軽く右肩に置いてきた。セクハラ、と言い出す前に、片手で器用に手帳から紙を一枚破り、万年筆で走り書きをし始める。

モンブランだ。しかも高いやつ。椿がそんなことに気を取られているうちに、幣巻は簡易な地図に『来週日曜　午前九時』と文字を添えて、椿の鞄に捻じ込んだ。

「なんですか、これ」

慌てて鞄の中から紙片《しへん》を取り出して確認すると、幣巻はそれを取り上げてもう一度、勝手に鞄に突っ込んだ。

「ここで待ち合わせだ」

「行きませんよ、行く義務がないですもん」

「来るさ。猫背、お前は絶対に来る」

幣巻は満足げに頷きながら、万年筆に重いキャップを被せた。

「白鳩を連れて来い。俺が診《み》る」

にやりと笑う幣巻は、こちらの手の内をどれだけ読んでいるというのか。想像もつかず、椿は鞄に紙を入れたまま、今度こそ地下の部屋を飛び出したのだった。


「クルルッ、クルルルッ」

喉を鳴らすようにして籠《こも》った音を発しながら、ハト子が鳴く。餌皿と水皿を手に立つ椿の方を明確に捉《とら》え、頭を左右にかしげさえする。

「『くれるの?』とか『はやくはやく』ってか。あざといなぁ」

文句を言いながらも、確かに椿の存在を認知して餌をねだる様子は、可愛くなくもない。もともと染みひとつない真っ白な羽毛のうえ、真っ黒な目はつぶらで、前世で鳩に殺されたとかいう怨嗟《えんさ》でもなければ普通に可愛らしい鳩なのだ。つけ加えるなら、福田が嫌だといったあの目の周りのボコボコもハト子にはない。

餌の皿を下ろしてやると、ハト子は頭を突っ込むようにして一生懸命に食べている。それを見ると、椿も心が和まなくはないのだ。

可愛らしい。問題は、この白鳩が来てからというもの、自分は奇妙な世界に片足を突っ込んでいるということだ。

椿がさっき『暮れない』で胃に入れたのはウーロンハイ半分と突き出しの酢の物と手羽先が二本だけ。冷凍ごはんでもチンして、と思ったが今なお舌の根元に鳩の肉の味が残っているような気がして、食欲は消え果てた。ブラウスとスカートから着慣れたスウェットに着替え、パソコンの前に座った。

『鳩護』『鳩守』『はともり』『ハトモリ』『幣巻』『幣巻　偽名』『梅見台商店街　鳩肉』『サンタモニカ　裏メニュー』……。

思いつく限り、椿の脳裏の片隅をじわじわと侵食してきた出来事を検索ワードとして入力してみる。表示されたどれも、自分が求めている情報からはほど遠いもののようだった。

ネットの網《あみ》にも引っかからないような世界に自分は接している。

そう考えると、椿は背筋が寒くなるような、それと相反して何かとても重要なことに関わっているような気がして体の奥が強張ってくる。

求めていた成果が得られずに、椿はパソコンの電源を落とした。机の脇にあるコルクボードには、ハト子が足環の中に入れていた白い小さな紙と、幣巻が押し付けてきた簡単な地図が画鋲《がびょう》で留めてある。

「……とりあえず、行ってみるか」

約束は来週。幣巻が言ったではないか。毒食わば皿まで。仮にあの変人がハト子を診てどうにかしたとしても、私自身にまでは何も害悪になるようなことはしてこないだろう。ハト子をやっぱり引き取るとでも言ってくれれば万々歳。ちょっと寂しい気もするけれど同居人を返して、私はまたネットの網から漏れない範囲の中で生活していくことにしよう。

私はもとの生活に戻るんだ。

一言一言、決意のように椿は自分の脳裏に刻み込んだ。そうしておかなければ、また幣巻のペースに巻き込まれてしまいそうな気がした。

来週の帰り、ホームセンターかドンキに寄って、犬猫用の移動バッグでも買ってこよう。スマホのリマインダーに『帰り途中　ハト子用バッグ』と入力して、椿は電気を消してベッドに潜り込んだ。重い体と意識が混濁《こんだく》して眠りに入ろうとした瞬間、ハト子が何を思ったか「ホッホウ」と大きな声で鳴いたような気がした。

夢の中でも椿は横たわっていた。ただし、仰向けではなくうつ伏せでだ。

体が重い。確かに最近ちょっと体重が増えたという自覚はあるけれど、上体を起こすのが苦痛というほどの増加ではなかったはずだ。腕を持ち上げようとしても、動かない。両手でしっかりと大きな銃を抱えていたからだ。

なんだろうこれ。私はどういう夢を見ているっていうの？

椿には自分が現在、夢の中にいるのだという自覚があった。だから、自分が泥の上に這《は》いつくばって重い銃を抱え、怒号や銃声や砲撃の音が響いているのに気づいた時も、ああ、戦争映画のイメージなんだな、ぐらいにしか思っていなかった。

父親が古い映画が好きで、子どもの頃からストーリーも追えないくせによく一緒にDVDを見ていたのも関係しているのかもしれない。

社会人になって家を出てから、自分から戦争映画を見た覚えもないのに、どうして戦争の夢なんて見るんだろう。幼児体験って心に強く刻み付けられるって本当なんだな、などと夢の中でつらつらと考える。

「なにをぼさっとしているんだ！」

自分の右斜め前方を銃を抱えたまま匍匐《ほふく》前進をしていた兵士が、椿の方を振り返って怒鳴った。日本語ではない。英語でもない。けれど意味は理解できた。顔も戦闘服もヘルメットも泥まみれで、もとの色は分からない。もしくは、わざと汚してあるのかもしれなかった。おそらく自分も同じ格好なのだろう。

「はい！」

夢の中の椿は自分の意思に反して大声で返事をした。響きからしてドイツ語だろうか、と予想をするが確かめようもない。夢の中の登場人物として動いているというよりは、映画のキャラクターに意識だけ憑依《ひょうい》している感じだ。

怒鳴った兵は再び前を向き、両手で銃を前方に突き出したままでずりずりと前進していく。周りには同じ格好をした兵が何人も同じように泥の中を進んでいた。椿もそれに倣って肘と足を総動員してついていく。

夢の中とはいえ、汚いのはちょっと勘弁してほしい、という思いも空《むな》しく、鼻や口の中にまで泥が入ってくるのが分かる。冷たい。移動しながらでもいいからせめて唾と一緒に吐き出してくれればいいのに。不満は夢の自分には届かないのか、周囲から遅れないように必死に移動を続けるのみだ。

銃を支える腕が痛い。喉が渇いた。温かいスープが飲みたい。母が作る、根菜のしっぽしか入っていないあの薄いスープで構わないから。

「え？」

椿は小さく疑問を声に出す。母のスープ。つまり味噌汁。そりゃ確かにこんな戦場の夢を見るよりはあったかい味噌汁でも飲んでのんびりしたいけれど、母の味噌汁は具沢山が自慢でむしろ野菜の味噌煮込みといってしまえるほどなのに。

……こんな泥の中から抜け出したい。もう家に帰りたい。隠れて本を読んでたら飲んだくれの親父が殴りつけてくる最低の家だけれど、こんな場所より余程ましだ。

飲んだくれの親父って誰だ。椿は混乱する。うちの父は、私が本を読んでいたら漫画の本であっても褒めてくれるぐらいなのに。ましてや酒を飲んで暴れることなんて絶対ないありえない。

……あんなもの、見たくなかった。血まみれの子どもの体。足をもがれてのた打ち回る戦友。俺に頭を撃たれて、でもなかなか死ねないまま痙攣《けいれん》し続ける敵兵。その意味のないうめき声。

待って。待て、待ってってば。泥の中を這いつくばる椿の脳裏に、見たことのない情景が差し挟まれていく。戦火に巻き込まれた人々の死体や、戦場で殺し殺されていく兵たちの鮮血、腹腔《ふくくう》から飛び出して泥と同じ色に染まっていく臓物。その臭い。その熱。嘆きと空しさ。

逆流している？

椿は雪崩《なだれ》のように押し寄せる記憶を受け止めながら、ひとつひとつを自分の身に起きたことのように知覚していく。自分の記憶ではない。夢の中の兵士の記憶が、本人しか知りえない過去の情景が、椿の中に逆流していく。

嘘だ。これは夢だ。夢だから、きっと私が頭の中で勝手に作り上げたものに過ぎない。

そう思ってはいても、自分の妄想と言い切るには余りにも突飛な情報が次々と脳裏に流れ込んでくる。

まだ戦況が過酷になる前、落ち着いて食べた最後の食事は硬い肉の入ったスープだった。黒くて、薄く切ってあるのにいつまで嚙んでも嚙み切れない肉。それを後生大事に啜りながら戦友と交わした下品な冗談。戦場に入ってから知り合った同年代の男だったが、お互い不幸自慢をしていたら気が合うようになった。本名を知らないまま、昨日、砲弾で下半身を吹っ飛ばされたんだ。

そうだ。あの男は、背中に鳩を背負っていた。塹壕《ざんごう》戦で有線を張るのに手間取った前線が招聘《しょうへい》した伝書鳩の部隊。その一隊員だった。

リュックサックのような大きな鞄を背負っていた。そうだ、鞄の中には武器でも医療品でもなく、鳩が入っている。中はいくつかに仕切られていて、その一つ一つに鳩が一羽ずつ収納されているんだ。

「お偉いもんだよ、俺らは塹壕の隅で泥の団子みたいになって寝るってのに、鳩様ときたら、一羽に一室、個室が用意されているって寸法だ。乳のでかいオネエチャン引っ張り込んだって気づかれやしねえんだぜ、羨ましい」

奴は虫歯だらけの歯をむき出しにして、背中の鞄の中身を俺に見せながらそう説明してくれたっけ。

鞄の中には、仕切りのひとつひとつの中に鳩が大人しく収まっていた。女を引っ張り込むっていうのは奴の冗談だとして、狭いながらも自分の場所を得て鳩のやつらは安心しているようだった。暴れたりなんかしない。

俺は思い出していた。故郷の村は小さくて、本当に小さいただの田舎で、それでも中央広場の脇にはそれなりに歴史のある教会があったんだ。

教会の鐘楼《しょうろう》の隙間にはいつも鳩がいて、特に朝と夕暮れ、その巣から数羽が飛び立っていく様子が見られた。きっとあれは家族とか一族なんだろうな。

俺はある日の夕方、学校帰りに、鐘楼の下あたりに鳩の雛《ひな》が落ちているのに気づいた。雛といってももう灰色の産毛《うぶげ》がほとんど大人の羽根に入れ替わって、飛び立つ練習をしているであろう雛だ。もう少しで大人になって飛び立てるという矢先に巣から落ちたのか、それとも巣立ちを焦ったのか。分からないが、俺はその雛を上着の下に隠して、家に連れて帰ることにした。

おかしいよな？　鐘楼の巣から落ちてきたのは明らかなんだから、神父様に相談して、巣に戻してもらうなりすれば良かったんだ。

でも子どもの頃の俺は、その鳩が自分のために落ちてきた鳩なんだと思った。ただの思い込みだよな。

「真剣だったんだ。真剣だったんだよ、とてもな」

夢の中で兵士の体は泥の中を進み続ける。その記憶は語る。椿はそれを聞き、同時に自分のことのようにその過去を体感する。薄い上着の中にいる、まだ雛鳥と呼んでいいぐらいの若い鳩。少しだけ生えている産毛の柔らかさ。懐《ふところ》を温める確かな体温。

その目は何の感情も灯《とも》さずに自分を拾った少年を見ている。

俺は自宅にその鳩を連れ帰ったよ。親父にも、お袋にも、兄たちにも言わなかった。納《な》屋《や》の隅に木箱を置いて、枯れ草を敷いて、その中に雛を置いた。台所からカラス麦を一摑み失敬して、その中に置いた。雛が震えているようだったから、雑巾にする予定だった俺の古いズボンを鳩にかけてやったよ。

これでもう大丈夫。明日になったら、俺のズボンで温まり、俺が盗んできたカラス麦を食べてすっかり元気になった鳩と俺の日々が始まるんだと思っていた。伝書鳩として訓練したら、きっと親兄弟も俺のことを見直してくれる。学校の、俺を馬鹿にする同級生だって見返してやれる。

そうだ、鳩が元気になったなら。俺の人生は必ずよくなる。

俺はそう思い込んで、ずいぶんと幸せな気分でベッドに潜り込んだよ。朝になったら魔法のように鳩は元気になると思っていた。いや、元気を通り越して、もはや雛ではなく賢い伝書鳩として俺のことを迎えてくれるとさえ思っていたんだ。

次の朝、俺が見つけたものは、散らかった鳩の羽根と血で汚れた俺のズボンだった。カラス麦は減っていなかった。

たぶん猫だったんだろうな。俺の家でも隣の家でも、ネズミ捕りのため猫は沢山飼われていた。ネズミが出そうな納屋に自力で飛べない鳩の雛がいたら、そりゃ襲うよ。当然のことだ。誰も猫を責めることなんてできやしない。

でも子どもだった俺は、その一件以来しばらくは猫を嫌ったものだった。おかしいよな。猫に捕られなかったとして、きっと鳩は衰弱して死んでいくだけだったろう。大人になった今はそれがよく分かる。でもな、言った通り、俺はただの子どもだったんだ。付け加えるならば、普通の子よりも少し夢見がちだった。だから、俺は血で汚れたズボンを前にまずは呆然《ぼうぜん》として、それからしばらくの間、泣いたよ。親から事情を聞かれたから、正直に言ったら、親父に頭を叩《はた》かれてさらに泣いた。

それが俺の、鳩に関する記憶だ。

硬い肉のスープを食べながらその記憶を鳩担当の男に話しても、そいつは笑わなかった。俺の靴下に穴が空いているのを発見した時には腹筋を痛めるほど笑っていた男が、鳩の話では笑わなかった。

「わかるよ」

って。ただ、それだけ言ったんだ。

だから俺はそれから、鳩担当の男と奴が背負う鳩たちの無事を願うようになった。戦場で、特殊な役割を負わされた奴が標的になりやすいことは分かっていたので、自分にできる範囲で積極的に鳩の男を防御したさ。

その中で、あいつがどれだけ、鳩を大事にしているのかもよく分かった。慈しむと言ってもいい。調子を気遣い、一粒一粒丁寧に餌の麦を与える。部隊長から本部へと情報を運ぶよう指令が出たら、奴は使う鳩を可能な限りの時間をかけて選び、自分の心臓がもぎ取られるような顔でそれを放った。

大事な鳩だったんだよ。軍が鳩を大事にしている以上に、あいつにとって鳩は大事だったんだ。とてもな。

「わかるわ」

椿はいつしか、夢の中の兵士に語りかけていた。

「わかるか」

「わかる」

泥の中を這い、重い体を引きずって死線に赴く一つの体の中で、椿と兵士、二つの意識が対話する。

そしてさらに流入してくる兵士の記憶。一発の、一兵士である自分では防ぎようがなかった砲弾で、簡単に吹き飛んでしまった鳩担当の体。直撃を受けて、腰から下は消し飛んでいた。かろうじて残っている意識で、男はうわごとを繰り返す。

「鳩。鳩を。どうか、放してくれ。鳩を……」

遺言の色合いが強い今際《いまわ》の言葉は、すぐに途切れた。背中の鞄は砲弾の直撃を免れたものの、吹き飛ばされた男の上半身と地面との間に挟まれていた。俺は息絶えた鳩担当の上半身をひっくり返して、鞄を腕から引き抜いた。そして、鳩の体温でうっすら温かいその口を開けてみたよ。

「鳩は？」

「死んでいた。一羽残らず。全部だ」

夢の兵士が思い出したその時の情景が浮かび上がる。鳴き声が聞こえない鞄。少しも動くそぶりのない鞄。中では、一羽一羽に宛がわれたそれぞれの個室の中で、それぞれ静かに死んでいた。羽根の間から内臓がはみ出ている鳩もいた。圧死だろう、と俺は思った。鳩を大事に大事に背負っていた男の背中で潰されて死んでいくなんて、なんて運のない鳩なんだろうな。

「その鳩はどうしたの？」

「食ったよ」

息を呑んだ椿の気配を察したのか、兵士は重い声で続けた。

「仕方がないんだ。俺たちがいるのは戦場で、食料は限られている。死んだ鳩たちの羽根を抜いて、内臓も骨も皮も、いっしょくたにして川から汲《く》んできた水の中に突っ込んで、鍋で煮て食ったよ」

「おいしかった？」

「おいしかった」

兵士の声に、どこか夢見心地のような恍惚が混ざる。

「鳩の血と肉を水と塩で煮たものが、あんなに美味しいとは思わなかった」

もう使わなくなった塹壕に砲撃で犠牲になった兵たちの死体を積み重ねて、上にうすく土を被せただけの簡素な墓の隣で、生き残った者たちは鳩の塩煮をかきこんだ。

誰もがうまいうまいと口々に言い、細い骨をパリパリと噛《か》んで飲み下した。スープは一滴も残さず飲み干された。

「おいしかった。とてもな」

兵士は空になった器《うつわ》を舐《な》めとり、味方の墓と、毟《むし》られた鳩の羽毛をあとにしてまた一歩前線へと進んだ。

兵士の追憶が終わり、椿の意識も匍匐前進を続ける兵士の頭の中へと戻ってくる。もうどれぐらいの間、こうして泥の中を進んでいるのだろう。部隊長らしき男からの指示は途絶えている。ただ進まされているだけだ。命令系統が分断され、部隊が孤立しているのは明らかだった。

「なんで進むの」

「進むことしか許されていないから」

椿の質問に、兵士は力なく答える。

「どこに向かっているのか、分かっているの?」

「分からないよ。ただ、他の人についていくだけだ」

「上司みたいな人だってもう、どこへ進んだらいいか判断できていないのに?」

「それでもだ」

気丈な返答ではあっても、体力は徐々に落ちていく。冷たい泥と、兵士たちの体温が同化し、いつしか手にした銃さえ手放してどこかに置き去りにしていく者もいる。周囲は砲撃と悲鳴が轟《とどろ》くばかりで、土煙と硝煙《しょうえん》が混ざり合って太陽の位置など分からない。椿は兵士の肉体の中で絶望と倦怠《けんたい》を共有しながら、空から自分達を見たら泥の中を芋虫の団体が這いずり回っているように見えるんだろうな、などと緊迫感のないことを思う。

意識を共にする兵士が、夢の主である椿の意識に引っ張られて空を見上げる。

「あ」

土と同じ色に染まる空を見上げ、気の抜けた声を上げた。

それにつられて、他の兵士たちも、部隊長までもが警戒心なく空を見、そして、一点に目をやって動きが固まる。

視線の先には、白い鳩がいた。本来、目立つ色のために戦場に放たれるはずのない白い鳩が、煙の中でもその白さを誇るように輝いている。

「ああ……」

誰からともなく感嘆の声が漏れた。この世の全ての汚物を掃き集めたようなこの場所で、鳩が中空を飛んでいるその一点だけが、光の祝福を得ている。それを目にしているだけで、心が浄化されていくようだった。

椿と同化している兵士は、上体を持ち上げ、胸で小さく十字を切った。

飛んでいる白鳩から血が吹き出たのはほぼ同時のことだった。

息を呑む兵士たちの目の前で、鳩は体勢を崩し、すぐに地面へと落ちてくる。白い羽根をいくつか中空に舞わせ、泥の上に落ちたときには、情報の遮断を狙って敵に撃たれたのだとその場にいる兵士全員が悟っていた。

白鳩は泥だらけの兵士たちのもとへと落ちてきた。誰もが匍匐前進を止めた。部隊長もだ。腹を真っ赤に染めて、白鳩は頭から泥に突き刺さるようにして絶命していた。

一番近くにいたのは椿と意識を共有している兵士だ。迷わず銃を手放し、泥だらけの手を白鳩へと伸ばす。触れると、その羽毛はまだ温かかった。その温もりを椿も知覚する。

泥のついていない足に、小さな筒が括《くく》りつけられていた。軍の情報だろう。その場にいる全員がそう思う。兵士は筒に指を伸ばすと、泥の冷たさと重い銃を持っていた強張りとでうまく動かない手を叱咤《しった》しながら、筒から一枚の紙を取り出した。

この白鳩がこの戦場に存在した理由。その死の理由。

その内容がとても意義あるものであることを兵士は祈った。兵士の想いが伝染した椿も願った。どうか、この白鳩がこんな過酷な戦場を飛ばねばならなかった理由が、確固たるものでありますように。

一歩兵、一個小隊に関係を及ぼさないような情報であったとしても、自分達が理解できない暗号で書かれたものであったとしても、白鳩の死と同等の意味を持つものでありますように。

祈りながら、兵士は小さく巻かれたその紙を広げる。

そして、その紙が白鳩の羽毛と同じに真っ白であることを知る。

「うそだ」

「うそだ」

椿は自分の寝言で目が覚めた。カーテンの向こうはすでに明るい。ここは自分の部屋の、一人暮らしを始めた時に無印良品で買った気に入りのベッドで、でも寝具はその辺のホームセンターのセールで買った適当なもので、そして今まで眠りの中にいた自分は、誰だ?

「こもりつばきだ」

小森椿。心の中でもう一度、自分の名前を宣誓した。その途端に、今まで見て、感じて、存在していたのが夢の中の出来事だったのだと椿は気づく。

「……っは、はあーっ!!」

呼吸を忘れていた。慌てて空になった肺に空気を送りこみ、吐いて、また大きく吸った。

心臓は寝起きだというのにばくばくと飛び跳ねている。気づくと、全身にべっとりと汗をかいていた。髪はべたついているし、スウェットも重い。

枕元に放置してあったスマホに目をやると、アラームを設定している午前六時の三分前だった。アラームの予約を消して、ようやく自分がリアルな夢を見ていたのだと椿は自覚した。

なんだったんだ。なんだったのあの夢。

慣れ親しんだ自分のベッドの上なのに、まだ夢の中で這いまわっていた泥の冷たさを覚えている。重い銃の感触も、流れ込んできた兵士の記憶の細部まで、フルカラーで、音声も完全にあった。

椿はもともと夢を深く見るほうではない。自分でもそう思いこんでいるせいか、目が覚めても覚えている内容といえばモノクロの風景で電車に揺られている夢など、日常の延長線上の無彩色のものばかりだった。

それなのに、今の夢は何だったのか。自分は歴史好きでもミリタリーマニアでもない。父親の見る映画を一緒にちらちら見ていたぐらいで、その細かい内容を覚えて、夢の中で再現することなんて絶対に無理なはずだ。しかも、夢の登場人物の過去までありありと追体験するなんて、そんなことはありえない。ヨーロッパ風の小さな町の男の子の生活や感情なんて、普段自分が意識して妄想しているはずもない。

なのに、どうして。

考えがまとまらないまま、それでも記憶に刻みつけられたように夢の思い出は鮮やかで、椿はのろのろとベッドから起き上がった。

何かがおかしい。おかしくなっている。自分の周りが？　それとも自分自身が？

自問自答しても、どちらにしても、今日は出勤だ。起きる時間なのだから、起きて、朝ご飯を食べて、着替えて、化粧して、そして一日、働かなければならない。

いつも億劫《おっくう》に感じている社会人としてのルーティンが、今朝はことさら面倒臭く感じられた。とにかく、顔を洗おうと椿は決意する。

体も髪も汗でべっとりしているから、もう、シャワーを浴びることにしよう。ならば、急がなくては。不可解な夢を振り払うように、意識的に日常生活について注意を向けることにした。浴室に歩いて行く途中で、視界の端にコルクボードが入ってくる。

そこに留められていたのは、幣巻が押し付けてきたメモと、小さな白い紙だ。

その白い紙の大きさも、見た目の紙質も夢の中に出てきた紙とまったく同じものだった。

叫び出しそうになるのをかろうじてこらえると、背後から「ホッホウ」とハト子の声が聞こえてきて、椿はその場で文字通りに飛びあがった。

そして同時に、驚きはしたが、パズルのピースが嵌《はま》ったような気もしていた。

つまり、自分は、白い鳩を飼うに至るというイレギュラーな事態と、鳩護とかいうものを主張する変なおっさん（幣巻）に絡《から》まれる事態に、無意識下で相当混乱している。だから、現実に白鳩が足につけていた紙がでてくる夢なんて見てしまったし、精神の平衡《へいこう》が少しおかしくなっているから、たぶん昔読んだ物語とか戦争映画とか、そういう要素を含んだ妄想が形になってしまったんだ。

結論。私は疲れている。

そうだ、それ以外にない。

「そうそうそうそう、私、ちょっと疲れてるんだよ」

声に出して自分に言い聞かせると楽になるもので、椿はコルクボードに留めていた紙を外して手に持った。疲れてるから、こんな紙に意識を持って行かれているから、妙な夢を見ただけであって。多分、有休ちゃんと消化して、あと気になってた窓の桟の掃除とか昔の手紙の整理とか、あと後手後手になってる衣装ケースの整理とか、そういうのを全部片づけたら、自分の精神も大分すっきりするし、もう変な夢も見なくなる。

そうだ。そのはずだ。

断捨離断捨離。この変な紙も捨ててしまおう。

椿はそう思って、手にした紙をくしゃりと潰そうと何気なく掌に載せた。

かつて、ハト子の足環から自分がその紙を外した際には両面真っ白だったはずの片側にだけ、茶色い泥がこびりついていた。

五

泥と硝煙《しょうえん》と鳩の血の臭いにまみれたあの記憶を、ただの夢と片づけていいものか。

白鳩が出てくる戦場の夢を見て以来、椿は頭の奥の何かが入れ替わっているような気がしていた。それは、譬《たと》えるなら使い慣れている台所で同じデザインの砂糖と塩の容器が左右逆に置かれてしまっているような、奇妙な感覚だ。入れ替わっていること自体は別に致命的なことではない。ただ調理の時に気をつければいいだけだ。

しかし、気を抜いていると、変化そのものの存在を忘れてしまいそうになる。そして、結果として取り返しのつかないところに連れて行かれる予感がつきまとって離れない。

妙な夢を見ただけなら、まだ、自分が疲れていたという理由だけでなんとか納得できた。しかし、ハト子の足についていた紙の片面が、夢の中で這いずり回っていたのと同じ色で汚れていた説明がつかない。

それとも、両面真っ白だと思い込んでいただけで、本当は最初から泥がついていたのだろうか。だとしたら、やはり自分が疲れていたせいか。わからない。堂々巡りを繰り返すたびに、自分の両足がきちんと地面に着いているのか、不安になる。神経のどこかが緊張を強いられているような感覚で、横になっていても休憩で茶を飲んでいても胸の底がざわざわと蠢《うごめ》いた。

いっそのこと、幣巻に押しつけられた約束の日がくれば、あのおかしな夢を相談できるのに。そこまで考えて、あの男に会えばまた底のない鳩世界に引き寄せられるかもしれないのに、何を考えているのかと椿は一人で頭を抱えた。

その状態で、数日。椿の部屋の片隅で、ハト子は引き続き大人しく一日を過ごしている。戦場の夢はあれ以来見ていないが、いつまた妙な夢を見るかもしれない、と思うと眠りは浅く、慢性的な睡眠不足に陥《おちい》っていた。

そして約束の日を翌々日に控えた金曜の午後、椿の緊張と疲労は、そろそろ危ういレベルだと自覚するほどになっていた。会社のデスクで文章を打ち込んでいても視界が歪《ゆが》む。五分作業をしてはコーヒーを口に含み、十分キーボードと格闘しては眠気覚ましに飴を齧《かじ》り、を繰り返していた。

そんな中、コツコツコツ、と細いヒールが床を叩く音が大きくなってくる。福田だ。オフィス内の履物は自由なので、女性社員は楽なサンダルに履き替えていることが多いのに、彼女は入社以来頑《かたく》なに常時ハイヒールを貫《つらぬ》いているという。

以前、当人から「だって私、足が短いから、いつも少しでも長く見えるようにと思ってえ」と、平均よりも明らかに長い足を組みかえながら言われた時、その場にいた全員が生暖かい微笑みを投げかけていたことを椿は知っている。

「小森さぁん、ちょっと今、いい？」

自信満々な足取りにミスマッチな、年齢にそぐわない鼻に抜けたような声。甘えを含んだ響きと柔軟剤とヘアスプレーと化粧品と香水が入り混じった臭いをすぐ背後に感じ、椿は奥歯を噛みしめた。

「なんでしょう」

極力感情を抑えて椅子を反転させると、想像通りに困ったように眉を下げた福田がいた。

「私、今日ね、ちょっと具合悪くなってきちゃって。朝から変だな、おかしいなとは思ってたんだけど、なんとか無理して今の今まで仕事してたんだよね」

「そうですか」

その割には足取りは確かでヒールの音はいつも通り得意げだったよね、と椿は心の中で毒づく。

「それで、もう、さすがに限界で。申し訳ないんだけど、早あがりさせてもらいたいの。

私の分の原稿のチェックと先方への確認、お願いできないかな」

ああ、今日はこのパターンか。福田の『わかるでしょ?』と言いたげな表情を見て、ひとつの記憶が表出してくる。

以前、部署を超えた女性のみでの飲み会の席で、福田は『私、学生時代に堕《お》ろしたことがあって、それ以来、時々どうしても心身共に調子悪くなっちゃうの』というカミングアウトを涙を流しながら実行したことがある。

もちろん、椿を含めその場にいた全員がドン引きしたし、本当かどうか確認のしようもないが、本人はそれ以降、しばしばその時のことを匂わせて、様々な交渉ごとに利用してくる。

つい先日、椿は福田のフェイスブックで『今度の週末、家族でミシュランの懐石行くので、それ用の娘たちの服、今度買いに行かなきゃ(ぴえん)』という投稿を見た。今回の彼女の『体調不良』とどう因果関係があるのか、気にはなるが、どういう答えが出ても腹は立ちそうだった。

「わかりました。まあ私も大分しんどいんですけど、福田さんの方がしんどいんでしょうから、別にいいですよ」

椿は平坦な声でそう言うと、福田の反応を見ずにくるりと背中を向けた。さすがに、

「あの、小森さん」と戸惑った声がかけられる。

「ごめん、ほんとに、ごめんね？　ごめんなさい」

「別に構いませんよ。どうぞお大事に」

もう振り返るのも面倒臭くて、手だけ後方にひらひらと振る。

椿の席に近づいてきた時よりも若干控えめなヒールの音が遠のいていく。こっちも体調不良だと言っているのに早退を撤回しないあたり、肝が太いのかそれとも心底空気が読めないのか。

椿は普段よりも低い声で独りごちた。

「……泥とクソの中にあのお綺麗なおツラ、叩き込んでやろうか」

パーテーションで仕切られた向こう側、両隣のブースでキーボードを叩く音が一瞬止まるが、無視をする。

「小森さん、……疲れてる？」

たまたま近くを歩いていたのか、男性社員が声を潜めて聞いてきた。椿の父より少し若いぐらいの副編集長。穏やかでいい人なのだとは思うが、福田のやりたい放題に何も言わなかった。そのくせ椿が不機嫌を露《あら》わにすると途端におろおろするあたり、残念な上司だと椿は認識している。思わず返す言葉も硬くなった。

「別に疲れていません。平常です」

「そ、そう？」

副編集長は両手に自動販売機で買ったと思しきエナジードリンクを抱えていた。

椿の、疲れてはいないが明らかに平常ではない眼差しを受けて、思い出したようにそのうちの一缶を差し出す。

「良かったらさ、これ、飲んで？　大したもんじゃなくて悪いけど。ね？」

コツン、と控えめな音と共に、毒々しいデザインの缶が一本、パソコンの横に置かれた。

「ありがとうございます」

感謝の感情が薄いイントネーションで椿は礼を言い、すぐにプルトップを開けて中身を呷った。三口、四口。炭酸ガスが食道を逆流してくるのを押さえつけ、完全に空にしてから机に勢いよく置く。カンッといい音が周囲に響いた。

「ごちそうさまでした」

「い、いえ。どういたしまして。小森さんも、あんまり無理しないでね」

副編集長の若干引きつった笑いに頭を下げ、パソコン作業に戻る。

はあ、という大きなため息の後、椿の口から勝手に出たチッという舌打ちに、椿の席から半径五メートル以内にいた社員が一斉にびくりと震えた。

福田の甘ったれたネガティブマウンティングサボり癖に五寸釘をブチ込んでも、特に爽快感はない。

平素ならば、社会性、とか、大人げ、という言葉によって押さえつけていた椿の箍《たが》が、鳩と眠気のせいで徐々に弛《ゆる》み始めている。

椿自身にだって、態度が悪いという自覚はある。わざと周囲に当たっているわけではないが、不機嫌と不安と不調を隠し通せるような心理状況ではない。椿はそう自分に言い訳を許した。

それに、たまには私だって怒ったっていいじゃないか。私だって疲れてるんだ。そう思いながら叩いたエンターキーは、ガゴンとキーボードにあるまじき音を発した。

トトン、トトン、とレールの継ぎ目で電車が揺れると、一分に一度の割合でハト子は「クルッフ」と鳴いた。椿の膝の上に置いたキャリーバッグから妙にくぐもった謎の声が漏れるたび、周囲の乗客が控えめに視線を投げかける。

……バッグの中でバサバサいって騒がないだけましか。なんだかんだで、いい子だハト子。

椿は開き直って首を落とし、眠っている振りをした。

日曜日、郊外へと出かける電車は比較的空いていて、これがもし上りだったら、これから出かけるのだという家族連れやらで混んでいたのだろう。少しでも空いていて助かった、と考えながら椿が狸寝入りをしていると、次の駅で車両が止まった。

車内に空気が入ってきて、人も数名が入れ替わる。その中から軽い足音が椿の方向へ一直線に近づいてくる気配があって、椿は思わず寝たふりを中断した。

「なんかいゆ！　なんかね、いゆのよ！」

小走りを覚えたばかりだろうか、見ていて不安になる足取りで、二歳ぐらいの女の子が目をキラキラさせている。視線の先は椿のキャリーバッグだ。

後ろでは母親が「あらほんとねー」とにこやかに我が子を見守っていた。

女の子は椿の前に辿りつくと、両手でがっしりと椿のジーンズに摑まり、バッグを見上げている。子どもに接することに慣れていない椿は、この場合のコミュニケーションにおける正解が分からない。「あんよがじょうずねー」とか言えばいいのだろうか。「電車では静かにねー」と言って分かる歳ではなさそうだし、なにより自分はそんな説教臭いことを言う立場にない。答えが出ないまま頭の中がいっぱいになっている椿をよそに、女の子は小首をかしげて椿の顔を見上げてきた。

「にゃんにゃ？　わんわ？」

可愛い。普通に可愛い。さて、どう答えればいいのだ。

まさか馬鹿正直に鳩だと言うこともないし、と考え込んでいるうちに、女の子は横に移動してキャリーバッグを横から覗き込んだ。出入り口にもなっている横側は黒い半透明のプラスチック製で、パッと見で中身までは分からないはずだが、女の子は鼻の頭をプラスチックにつけてじーっと中のものを観察し始めてしまった。

「はと！　はとしゃん！　はとしゃんだ！」

女の子は頬を紅潮させて喜んでいるが、対照的に、彼女の母親を含む周辺の大人たちの顔はどんどんと怪訝な表情へと変わっていった。

向かいの席にいる中年女性は、あからさまに不審そうな視線をじっとりと椿へ送ってさえいる。

そりゃそうだ。椿は内心で同意した。東京都内で鳩といえば、駅前でたむろしているか、ベランダに糞をひり出している厄介者だ。人の役に立つどころか、一般的には害鳥扱いでさえあるだろう。日曜日に、わざわざ鳩をキャリーバッグに入れて持ち歩いている女がいれば、妙な疑いを向けられても文句は言えない。

「あの。私、次で降りるんで、ここどうぞ」

たまらず椿は腰を上げた。母親も、「あ、はあ、ありがとうございます」と当惑した表情のままで礼を言い、女の子を抱いてシートに座る。

「あー！　はとしゃん、はーとーしゃーんー！」

「しっ！　静かにしなきゃメーよ。話しかけちゃだめ」

椿は女の子の残念そうな声を背後に、車両を移った。ああ、なぜ、どうして、私がこんな目に遭うんだろう。というか、鳩をきちんとキャリーバッグに入れて移動しているだけなのに、なぜああも人から冷たい目で見られなきゃいけないんだ。鳩なんてその辺にいるじゃないか。別に嚙みついてくる訳でもあるまいし、せいぜい糞ぐらいしか迷惑なことはないし、みんな鳩に不当に冷たくしすぎなんじゃないのか。

幣巻の理不尽な招集に対する不満から、大衆の鳩に対するマイナスイメージへと怒りの軸が移りつつある。かつて自分が鳩に抱いていたイメージと同じだということは脇に置いて、椿は扉の前で息を潜めて次の駅に到着するのを待った。「クルック」というハト子の小さな声が恨めしかった。


開けた空の下で、穏やかな風が吹いていた。幅広で流れが緩い川の両脇には広場と土手が広がっていて、そこかしこで家族連れがくつろいでいたり、若い子が数名で座りこんで何やら話し込んでいたりする。土手の上にある道では、マラソン選手のような格好の人から汗だくのぽっちゃり女性まで、ジョギングやウォーキングをする人が行き交っていた。

「ふう」

椿は思わず息をついた。建物に囲まれる圧迫感から解放された場所に来るのは久しぶりだ。太陽は薄い雲に遮られて穏やかな陽光が降り注いでいる。寝不足からの眠気ではなく、心地よい空気が椿の瞼を重くさせる。

持っているのが鳩入りキャリーバッグではなくビニールシートとピクニックセットならば、きっとその辺の斜面に横になり、人目も憚らずに夕方まで惰眠を貪ってしまうところだろう。

「さて、場所は、と……」

ポケットの中に入れていたメモを確認して、幣巻に指定された場所へと急ぐ。土手の道を歩いて、三番目の橋の東側のたもと。穏やかな陽光の下にはいささか似つかわしくない、暑苦しいチューリップハットは遠くからでもよく目立った。

椿からは背中しか見えないが、幣巻は欄干の端にもたれて煙草《たばこ》を吸っているようだった。立ち上る煙がやんわりと風に溶けていくのが見える。こちらが風下のため、煙の匂いが少し届いた。

煙草の匂いに、椿はふと懐かしい気分になった。最近は禁煙分煙の流れで仕事中はもちろん飲食店でも煙草の匂いをかぐことはないし、過去に付き合った少数の男もみなノンスモーカーだった。椿自身も家族も喫煙習慣はない。ただ、もう亡くなった母方の祖父だけが、いつもセブンスターを手放さない人だった。

お盆などに遊びに行くと、祖父は自分を膝に乗せながらよく煙草を吸っていたものだ。母や祖母は「子どもがいるんだから吸わないで」と口うるさくしていたし、祖父も娘一家が帰省している時は本数を控えていたようだが、椿はその煙草の匂いがけっして嫌いではなかった。

鼻孔に入りこんできた煙と、記憶の中の煙草の匂いが結びついてしまった気がして、椿は深呼吸をする。今自分に必要なのはノスタルジーに浸ることではない。なぜか片足を突っ込みつつある謎の鳩ワールドに抗うこと。もしくは、戦うことだ。

気合を入れるつもりで「よしっ」と顔を叩くと、その音で幣巻が振り向いた。

「来たな。さては近づいて驚かそうとでもしたか。趣味が悪い。さすが猫背だ」

「違いますよ。なんで、さすがなんですか。ただ、なんか、声を掛けるタイミングが分からなかったっていうか」

チューリップハットを見つけてすぐに、「ぬーさまーきさーん！」と笑顔で大声を張り上げろとでもいうのか。女子高生じゃあるまいし、アラサーにとっては軽い苦行だ。

「で、それがそうだな」

「あ、ええ、はい」

存外すぐに顔を引き締めてキャリーバッグを指した幣巻に、椿は慌てて頷いた。

「座るか」

幣巻は欄干を離れて少し歩き、土手の芝生《しばふ》に胡坐《あぐら》をかいた。椿も少し距離を置き、芝生が濡《ぬ》れていないのを確認してから座る。斜面の下では社会人らしき集団がフットサルに興じていた。

幣巻はキャリーバッグからハト子を取り出さず、懐からスマホを取り出すと操作した。椿が横から画面を覗き込むと、地図アプリらしき画面の上に、小さな赤い点が点滅している。場所は大きな川の傍《そば》。ハト子に埋め込まれたというGPSの画面だった。

なるほど、と思わず口に出る。さっき自分が近づいた時、これでハト子の場所を把握していたから、後ろからにもかかわらずすぐに接近に気づいたのか、と椿は納得した。

「なんか気持ち悪い」

「気持ち悪いとはなんだ。白鳩に失礼だ」

「違いますよ。こんなギミックを生きた鳩に取りつける神経が気持ち悪いって言ってるんです」

「俺に失礼だ。これでも、鳩に関してこの国で俺ほど詳しいやつなんて稀《まれ》にしかいないぞ」

それ完全に自称じゃない、と半畳を入れる前に、幣巻はキャリーバッグの蓋を開け、両手を入れた。

すぐに、大きな両手で包まれるようにしてハト子が取り出される。幣巻はそのまま、手の中のハト子を貴重な鉱物を愛でるように検分しはじめた。

「体重ヨシ。うん、目の輝きも、羽の艶《つや》も問題ない」

幣巻がほっと小さく息を吐く。謎は多いし、鳩の体にGPSを埋め込むようなおっさんだけど、鳩のことを大事にする人物であることは椿にも分かった。

「ちゃんと世話していたようだな。褒めてやる、猫背」

「別に褒められたくもないしそもそも猫背じゃありませんが、どうも」

「お前、この白鳩のことは何と呼んでいるんだ？」

「え、ハト子ですけど」

思わず素直に答えてしまった椿に幣巻は心底呆れた、という表情を隠さなかった。

「メスなのは合ってるが、ネーミングに捻りがないにもほどがある」

「人を猫背呼ばわりする人に言われたくないです」

ハト子は人間達のやりとりを黒い目でじっと見ていた。陽光の下で、椿から見るとハト子は少しだけ眩《まぶ》しそうに見えた。思い返すと、ベランダから部屋の中に移して以降、日光を浴びさせたことがない。

鳥に日光浴が必要かどうかは分からないが、どうなのだろう。あとでスマホで調べてみよう、と思いつつ、この後ハト子を連れて帰って継続して飼う前提でいた自分に密かに驚いた。

幣巻は椿のことを視界に入れず、ハト子を丹念にもみほぐすようにしてさらに調べているようだった。時折、「ククウ」と声が漏れて、それが満足の声のように聞こえたのが椿には癪だった。

首や羽、腹、足など、ハト子を一通り触診し終えると、幣巻は片手を顎にやって「ふむ」と唸《うな》った。ハト子は片手に乗せられているだけにもかかわらず、飛んで逃げるそぶりも見せない。椿は思わず前のめりの姿勢になった。

「どうですか、怪我の状態は」

「治ってる」

「は?」

せいぜい、良くなってきている、とか、もうすぐ完治する、ぐらいの答えを想定していた椿の口から間の抜けた返事が漏れた。

「治ってるって、もう、怪我はしてないってことですか?」

「ああ、触ったところ、確かに羽を支える筋肉のあたりに怪我の名残りがあるが、もう完治している。よかったな、ハト子」

犬か猫のように頭を撫でられて、ハト子は「ククッ」と小さく鳴いた。

「うそ。だって、じゃあ何で飛ばないんですか。分かった、インコみたいに羽を切ってあって飛べないとか?」

「羽に問題はない。飛ばないのは、本人に飛ぶつもりがないからだろ」

「飛ぶつもりがないって、そんなの。鳩って放っておいても飛ぶものでしょう?」

「鳩だって自分が飛びたくないのなら、飛ばないさ。今みたいに。お前、忘れてないか。この鳩はただの白鳩じゃない」

「それ!」

椿は思わず大きな声を出した。鳩の肉を食べた時、幣巻は白鳩が椿を選んでやって来たのだと言った。その意図といい、この間見た夢のことといい、何も分からないままだった。

「この間、変な夢を見たんですよ。白鳩が出てくる」

「ほう?」

白鳩が、という言葉に幣巻の眉が期待に満ちたように上がる。

もしかしたらこの男、人の苦労や当惑を面白がってやしないか、という疑いが湧いてきたが、椿はとりあえず戦場の夢について、なるべく夢で感じた感覚に沿って表現するように話し始めた。

日本ではない国で兵士をしている夢だったこと。そこで夢の中にしては妙にリアルな感覚で喜怒哀楽や五感を知覚して、そのうえ夢の中で過去の記憶も所有していたこと。そして撃ち殺された鳩の情景。

一通り話し終えて、椿は胸のつかえが少しおりたような気がしていた。自分で感じたように「戦争映画の見過ぎだ」とか「白鳩のことで思い煩《わずら》って神経が疲れていたんだろ」と一笑に付されるかとも思ったが、それならそれでもいい。妙な夢の記憶を一人で抱えているより、謎のおっさんにでも話して少しは気持ちが楽になれた。

「そんなわけで、白鳩繋がりで変な夢まで見ちゃって。そりゃこの子かわいいと思わなくはないですけど、私、ハト子が来てから相当神経が参ってると思うんですよ。疲れてるっていうか」

半ば自己弁護、半ば主張のつもりでまくしたてると、幣巻は予想に反して神妙な顔をしてハト子を見ていた。

「幣巻さん。聞いてます？」

「でかした」

ぽん、と肩に手を置かれて、反射的に振り払った。今の反応はさすがに失礼だろうか、と一瞬思ったが、幣巻はまったく気にしない様子で、片手で慌てて手帳のページを繰っていた。

「ああ、やっぱり、俺の時は一か月かかってる。猫背お前、意外と有望だったんだな」

「なんの話ですか」

「お前はやっぱり次の鳩護に相応《ふさわ》しいという話だよ」

「だから、全然分かりませんって！　あの夢と、ハト子と、鳩護とかいうのは、一体どんな繋がりがあるって言うんですか！」

二人の背後を走っていたジョギング中の男女が怪訝そうな顔をして走り去っていく。対照的に、ハト子は幣巻の手の中で身じろぎ一つしなかった。

「大声を出すな。変質者として通報されるぞ」

「幣巻さんに言われたくないですよ！」

一体何だっていうのだ。いい加減に、椿の忍耐と平常心も限界に来ていた。今なら変質者として通報されようが職質を受けようが、幣巻をぶん殴ってでも鳩との妙な繋がりについて吐かせたいとさえ思っていた。

その剣幕にさすがに気づいたのか、幣巻は宥《なだ》めるように改めて軽く頭を下げた。

「分かった。俺が悪かった。やっと俺の次の鳩護候補に出くわしたもんだから、つい浮かれてしまって」

「いいから説明してください」

説明しなくば嚙みついてでも聞きだしてやる、と睨みつける椿の目線から顔を逸らし、幣巻はげほんと咳をした。

「何から話すべきだろうな……。まず、その、戦場の夢だ。その夢と同じ夢を、かつて俺も見たことがある」

「えっ」

椿はまず、幣巻の言葉の信憑性《しんぴょうせい》を疑った。普通に考えて、違う人間が、同じ夢を見るはずがない。そして、それが何らかの意図をもって吐かれた嘘だった場合、どういう目的が背後にあるのかを想像する。

白旗はすぐに揚がった。そんな嘘をついて、幣巻に何の得があるのか分からない。おまけに、それが自分にとって何らかの損を生じるとも思えなかった。

「信じていないだろう、お前」

「まあ、信じられないですね」

意外にも幣巻は「まあそうだろうな」と素直に頷いた。

「まあ、俺も鳩護になった時は色々戸惑ったからな。が、とりあえず、嘘だと思っていてもいいから聞け。お前の見た夢で、教会で鳩を拾う記憶は出てきたか？」

「ええ、確か」

夢の中で、兵士が幼い頃のことを思い出している場面があった。確か、あれは……。

「待て。言うなよ。その鳩、納屋に隠さなかったか？」

「え。その通りですけど」

ここで椿は強烈な違和感を感じた。自分はさっき夢の内容を説明した時、子どもの頃に鳩を拾ったという記憶のこと、ましてやどこに隠したのかは言わなかったはずだ。

なぜ幣巻が知っているのだ。

「……幣巻さん、その隠して飼おうとしてた鳩に、その子、何を与えたか、知ってますか」

「カラス麦と、穿《は》き古したズボンだ」

今度こそ椿は言葉を失う。まさか、本当にそんなことが。自分は子どもの頃こそ人並みに怪談話や超能力者来日のニュースとかにキャーキャー言った覚えはあるけれど、中学生以降、超常現象とかいったものは全く信じていなかった。それが、どうして、三十路を前におっさんと夢を共有するとかいう話に直面する羽目になるのだ。

「おい。猫背。一致したか？」

「しました。不本意ですが」

「信じられん気持ちは分からんでもない。俺も最初は、人と同じ夢を見るだなんて信じられなかった」

「はあ……」

うんうんと頷き、何事かを思い出している様子の幣巻に、椿はふと閃《ひらめ》く。

「俺も最初は信じられなかった、ってことは、幣巻さん以外にも、この夢を見た人がいるってことですか？」

「その通りだ。俺の前の鳩護、そのまた前の代も。歴代の鳩護は同じ夢を見る」

こともなげに与えられた返答に、椿は言葉を失う。歴代の鳩護と、幣巻と、自分が見た夢。時代錯誤で、悲しくて、救いがない鳩の夢。

「混乱するのも無理はないな」

情報を処理しきれなくなってきた椿に、幣巻は若干声のトーンを落として続けた。

「あの夢のヒントは、白鳩だ。自ら選んだ鳩護候補者に、あいつらは必ずあの夢を見させるんだよ」

「あの戦場の夢は、なんなんですか。なんで、そんな夢を見させられるんですか」

「あれは、精確に言えば夢ではない。初代鳩護の記憶だ」

「初代の、鳩護？」

椿の鼻の奥で、茶色い泥の臭いが勝手に蘇《よみがえ》ってくる。

「もしかして、泥の中をはいずり回って、子どもの頃に教会で鳩を拾った、あの男の人が初代の鳩護？」

「そうだ」

幣巻は慎重に頷いた。椿は夢を思い返す。子どもの頃、鳩を救いたくて救えなかった男。彼が兵士になった後、死んでいった鳩の伝令係とその鳩たち。その後戦場を飛んで、死んでいった白い鳩。その白い鳩を強く強く悼《いた》んでいた、あの男の、拭いきれない哀しみ。

彼が、初代の鳩護。

椿の中でパズルのピースが嵌る音がした。千ピースとか二千ピースとかの巨大なパズルの、ただの最初の一致。しかし、膨大なピースから適合する一つだけを的確に見つけ出さないと導きだせない、最初の一歩。

思考がまとまらない。まとまらない中でも、パズルが完成する方向をむいているのは確かなのだと感じて、椿は質問を選んだ。

「白い鳩が、彼の記憶を見せるの？　どうしてです？」

「あの、戦場の夢を必ず見させてくるのは、白鳩なりのメッセージなんだろうな。鳩護の起点をきっちり見せることによる、ある意味儀式的な」

「そんな、でも、人に夢を強制的に見させるって、なんで」

「どうやって、なんて俺に聞くなよ。原理なんて分からない。抽象的にだがそうだな、伝説の動物だが、貘《ばく》ってのがいるだろ」

「夢を食べる？」

「そう、貘だ。その逆のパターンを、どうやってか白鳩は人にやってみせるのさ」

「どうやって」

「だから聞くなって。仕組みは俺も知らんよ。脳科学とかマルチバースとかなんだとか、人間が現在把握している想像や技術ではどうにもならんことだとは思うが」

幣巻は眉間に皺を寄せ、指先でこめかみを突いて言葉を探しているようだった。この男も、誰かに鳩護として選ばれたということは、椿が今抱いている疑問や当惑に近いものを経由しているのだろう。

そしてその全てを明らかにできないまま、抱え続けて、きっと鳩護というものを続けざるを得なかった。幣巻が説明の言葉を選ぶ様子に、椿は彼の未だ解けない当惑を見た。

「一つ仮説を立てるなら、白鳩は人間と鳩の間で共有している歴史的な記憶を夢の形をとって人に見させている」

「そんなこと、できるんですか」

「できるかどうかは知らんが、そういうことが行われた結果、俺は鳩護になった。常識ではありえないことを伴ってな。猫背お前、白鳩の夢を見させられた時、普通ならあり得ないことが現実世界で起こらなかったか」

幣巻が椿を見る目は真剣だった。冗談や韜晦《とうかい》はそこにない。心の底から、椿の答えを求めているようだった。

「そういえば……」

普通ならあり得ないこと。椿が思い当たるものは一つしかない。

「ハト子の足環に入っていた両面白いと思ってた紙が、夢を見た後に確認したら、片側に泥がついてました」

椿の真面目な答えに、幣巻が可笑《おか》しそうに唇の端をつり上げた。

「なんかおかしいですか」

「いや、悪い。そうじゃない。紙で良かった、と思ってな。俺の時は靴の片方に、泥がこれでもかと詰め込まれていた」

　その時のことを思い出しているのか、幣巻は片手でハト子を支えたまま、もう片方の手で腹を押さえて笑い始めた。

「勘違いするなよ。別に白鳩が夜中にこっそりと紙に泥を塗ったり靴に詰め込む悪戯《いたずら》をする訳じゃない。そういう次元の話じゃないんだ。歴代の鳩護の中には、台所の蛇口から三日のあいだ泥が出続けた人物もいたそうでな。まったく、迷惑極まりない」

なあ、と同意を求めるように視線を寄越してくる幣巻を、椿はじっと見つめた。

「幣巻さん」

　断固とした声につられて、幣巻は笑いをおさめて真面目な顔で椿に向き合う。

「簡潔に、答えて下さい。鳩護って何ですか」

「下僕《げぼく》だよ」

　椿の望み通り、簡潔に答えられた言葉の意味を理解するまで、数秒の時間がかかった。

　下僕。現代日本ではまず口にする機会がない単語が、今、自分の立場の意味として語られている。

「言葉は悪いが、そうとしか言いようがない。白鳩の血統を守り、鳩の繁栄を手助けし、人間の役に立てる振りをして奴らの存在を保ち続ける。奴隷だ。初代も、先代も、俺もお前も」

「拒否権は、ないんですか」

「ないな」

ないんだろうな、と思いつつ、一応聞いたことを否定され、椿の体から力が抜けた。

仕事仕事、会社のため、忙しかったり疲れたりと大変な様子の同僚をサポートしてさらに仕事をし続けて、自分は所謂社畜だという自覚はあった。それに加えて、鳩の下僕とか、奴隷とか、一体自分はどれだけ立場が弱いのか。

「運が悪かったな」

言葉の割に、同情の気配が全くない声で幣巻が慰《なぐさ》める。

「俺の時もそうだったが、鳩護に選ばれるにあたって、何が理由で、とか、資質がどうで、とかは一切関係がないんだ。世の中の人間全員から白鳩に選ばれた、ただの運としか言いようがない」

「全然、慰めになってませんよね、それ」

思わず、ハト子の方を睨んでしまう。椿の剣呑《けんのん》な視線にもかかわらず、黒くつぶらな目で椿をじっと見返している。そこに罪悪感とかいった類のものはまったくなかった。

「まあ、色々、追い追い、分かって来るさ」

「追い追いって。そもそも、鳩の下僕って、何すればいいんですか。公園で餌をやれとか？」

先ほどの、幣巻が言っていた鳩の繁栄を手助けし云々の具体的な行動を考えてみると、それぐらいしか椿には思い当たらない。

普段は会社員として生活し、アフター5や休日はせっせと公園で鳩に餌をやる自分。余りにも、女性として、社会人として寂しすぎるそのイメージに、椿は愕然《がくぜん》とした。おまけに、地域の条例違反にもなるかもしれない。

「ありえない。公園で餌やりとか、ありえない……」

「そうとも、そんなしょぼくれた行動などありえん」

「幣巻さん、餌やり禁止の公園で餌やってたじゃないですか」

「あれは近隣一帯で皮膚病に罹《かか》った鳩が多かったから、抗生剤入りの餌をやっていただけで、鳩護としての行動ではない。お前は一体鳩護を何だと思ってるんだ。だからお前は猫背なんだよ」

やっぱり猫背って悪口のつもりで言ってたのか。何か言い返してやろうかと考える椿の前で、幣巻は大げさに咳払いした。

「鳩というのはな、山林にいる野生種以外は、基本、家畜なんだ。猫背お前、家畜の種類、思いつくだけ言ってみろ」

「ええと、牛、豚、鳥、あとは、馬、羊、山羊、あーあれ、蜜蜂もですか？」

「蜜蜂もそうだ。そして、多分お前の想像力では思いつかないだろうが、鳩も家畜のグループに含まれるんだよ」

「はあ。言われるとそうなのかなって思いますけど、公園にいるやつは、あれ、飼われてないですよね？　それでも家畜？」

「あれは人間から逃げた個体が寄り集まったものだからな。もとは伝書鳩とか、レース用の鳩が人間の手を離れたものだ」

「なるほど」

説明されると、ああそうなのか、と納得はできる。しかし、椿にしてみれば、その逃げた元・家畜の鳩に餌をやる行為こそ鳩を護っているっぽく思えるのだが。

「あれらも含めて、家畜としての鳩と人間との結びつきを伝承し、鳩を何らかの形で使うのが鳩護の役目だ。鳩を使うことによって鳩全体を存続させる、と言った方が分かりやすいかもしれんな」

「鳩を使う、って。どうするんです。マジックとか？」

椿がイメージしたのは、マジシャンが袖や懐から鳩を次々と出す場面だった。そういえば、あの鳩は白い鳩が多い。

「まあ、あれも鳩を使うといえば使っているが、……そんなんじゃない。鳩護はもっと、鳩をある程度能動的に、自在に使えるのだ。マジシャン程度じゃ勿体《もったい》ない」

「じゃあ、鷹匠《たかじょう》みたいに、獲物を捕らせたり？」

鷹じゃなくて、鳩なら、鳩匠だろうか。森とか山で、腕に革とか布をぐるぐる巻いて、そこに鳩を停まらせている幣巻を想像し、椿は眉間に皺を寄せた。どう考えても、しまらない。

「いや、動物使いみたいに言う事を聞かせられる訳じゃない。管理する技術や知識は普通に必要だし、それなりに時間も労力も必要だが、何かの目的で鳩を使った際、奴らは必ず鳩護にとって有利になるよう働いてくれる」

「有利に働いてくれる、ですか」

椿は想像を巡らせるが、あまり有効なものを思いつかない。手紙を運んでもらう、なんて別にメールとＬＩＮＥがあれば今の時代では役に立たないし、あとは。

「もし、私が肉用鳩の養殖場を経営したら、すごくうまくいく、とか？」

半ば冗談で言った思いつきに、幣巻は意外にも「それもいいかもな」と頷いた。

「多分、ものすごく甘い経営計画に沿ってやってみたとしても、顧客がガンガンついて、鳩の繁殖や成長も問題一つなく推移していって、結果的にがっぽり儲《もう》ける、とか。そういう、圧倒的な運の向き方をするんだよ、鳩護ってのは」

淡々と、それはいいアイディアだ、と言わんばかりに解説する幣巻に、椿は目を丸くした。

「え。でも、だって、鳩、食べちゃうのに、いいんですか？　その、鳩的に、矛盾はないんですか」

鳩にとっては、種族を守らせるための鳩護なのに、自分達を食べさせて儲けさせるとは、何か、おかしくはないか。椿の疑問に、幣巻はふっと鼻で笑った。

「食べる食べられる、なんて短期的な視点をそもそも悲観しないんだよ。鳩肉がもしブームになったとしたら、それは鳩にとって個体数がものすごく増えたうえ、自分の種族を今後も大事に存続させて貰えるってことだろ」

「な、なるほど？」

単純に、食べる側がひどい、食べられる側がかわいそう、という視座で鳩を見ていた椿はすぐに納得ができない。しかし、もう自分の価値観なんてとっくに超えた世界であることは何となく感じられた。

「そうか、いいかもな、鳩の養殖。猫背、お前それやってみるか？」

「いえいえいえいえ」

椿は首と両手を振って全力で否定した。確かに、もし幣巻が言う鳩護の恩恵というものが存在するのであれば、『がっぽり儲ける』ということも可能なのかもしれないが、仮に恩恵の存在を信じたとしてもサラリーマン家庭に育った自分に鳩の肉を云々、という仕事は絶対に無理だ。

他のプランをまったく持ちようもない椿に、幣巻は自分の人差し指を突き付けた。

「いいか、よく聞け猫背。鳩はな、使い方によっては非常にいい金を運んできてくれたり、自分の身を守ってくれたりもする。俺は前者だったがな」

何か、とても良い思い出を振り返っているのか、幣巻は微笑んで川面《かわも》を見つめ始める。

あ、これ、聞いてやらなきゃ話が続かないやつか、と思い至って、椿は内心めんどくさいおっさんだと思いながらも質問した。

「幣巻さんは、鳩に何をしてもらったんですか」

「精液の輸送だ」

「……へえー」

週末昼下がりの穏やかな河川敷にあるまじき単語を耳にして、椿は気の抜けた返事をした。

今このおっさん、ドヤ顔で何て言った？　せいえき。精液？　セクハラ？　セクハラなんだろうか？

椿があからさまに眉根を寄せ、軽蔑さえ含ませて自分を見ているのを察したのか、「なんか誤解しているな」と幣巻は首を振った。

「猫背お前、競馬、競馬は知ってるか？」

「はあ、競馬ってものが存在してるって意味では、知ってます。見たことも賭けたこともないですけど」

「なら、余計面白い話になる」

幣巻は手にしていた白鳩をキャリーバッグに戻すと、にやりと不穏な笑みを浮かべた。

六

結構広いフロアにもかかわらず、その空間はなかなか前に進めないほど人でごった返していた。都内にある競馬の場外馬券売り場。ギャンブルに縁のない椿には初めて足を踏み入れる場所だ。

タイル張りの足元にはカード状の紙片が無数に散らばっていて、しょっちゅう見かける掃除のおじさんおばさんがこまめに箒《ほうき》と塵取《ちりと》りで掃き集めても人々の手を離れてまた床を汚す。最初は踏まないように気をつけていた椿も、五分で床を気にするのを諦めた。

所々に天井から吊《つ》り下げられたり壁に埋め込まれた大画面のモニターがあり、人々は熱心にその画面に見入っては、「そのまま！　そのまま！」と声を上げたり、その数秒後に盛大な溜息と共に肩を落としたりしている。

もっと、中年から初老の男性ばかりが集っている場所を想像していた。若い人も女性も結構いるな、しかもみんな普通にショッピングに出てきたような小綺麗な格好をしている。

時々そうでもないのもいるけど、というのが椿の印象だった。

「※○てめえクソ騎乗しやがって×▲□凸!!」と、中年男性の声で聞くに堪《た》えない罵声《ばせい》が飛んだ。

競馬場ならともかく、馬券売り場で罵っても騎手には聞こえないでしょうに、と思ったが、それを分かった上でなお罵らずにはおれないほどの負け金額を想像し、ふと背筋が寒くなる。何億円も横領した犯人が、その金を競馬ですっかりなくしてしまった、という報道を思い出した。やはり賭け事は怖い。そう思いながらごった返す面々の顔を見ると、ひどく危なっかしいもののように思えた。

「今日はＧⅠだからな。それで混んでいる」

「ジーワン」

「大きなレースのことだ。ダービーとか有馬とか、聞いたことがあるだろう?」

「ダービー。アリマ」

幣巻の声に、椿は質問とも確認ともいえない鸚鵡返しで応えた。

河川敷でゆっくりとハト子を診てから、幣巻は「移動するぞ、付いてこい。ここから近くだ」と言って徒歩で椿とハト子をここまで連れてきた。

椿はギャンブルに縁がない。親も親戚も、競馬競艇競輪はおろか、パチンコやマージャンをしたという話も聞いたことがない。友人も数少ない元彼たちも手を出していなかった。ただ、会社の先輩たちの中に、競馬を趣味としている一団があった。彼らはよくお昼休みに喫煙所で集い、あの馬の血統は距離が、という話ばかりをしていた。

一度、椿は彼らに「競馬って面白いんですか？　私も一度、賭けてみようかな」と社交辞令として言ったことがある。

てっきり、奥が深い世界だからお前もやってみろ、とか、一度やると嵌るから試してみろ、とか、オタク特有の早口なセールストークをかまされるのかと想定していたら、意外なことに「いや、小森はギャンブルやめとけ。多分、向いてない」「賭け事ってのは結局な、胴元が儲けるためのものなんだから」とやんわり遠ざけられた。

じゃあ何で先輩たちはやるんですか、ともし聞いたら悲しい顔をされそうな予感がしたので、その話はそれきりで終わったし、椿自身もそんな会話はすっかり忘れていた。

それが今、まさか、本名も知らないチューリップハットのおっさんと、キャリーバッグ入りの鳩を連れて初の場外馬券売り場に足を踏み入れるとは思ってもみなかった。

「おい猫背」

そのチューリップハットのおっさんは椿が手にしているキャリーバッグを指した。

「トイレの脇に、コインロッカーがあるから、バッグごとハト子を入れてくるといい。ここは空気が悪い」

「でも、そんな暗いところに入れちゃって、大丈夫ですか？」

「大丈夫だ。おっさんがギャーギャー騒いでいる場所にいるよりも鳩にとっちゃ落ち着く」

「分かりました」

自信満々に言い切る幣巻の様子だと、その方がハト子に本当に良いのだろう。椿は鳩の扱いに関しては幣巻を信用することに腹を決め、コインロッカーブースに向かった。意外なことに、使用後に硬貨が返却されるタイプだった。

「ごめん、ちょっとここに入ってて」

椿はキャリーバッグを入れる瞬間に小さく謝りを入れた。クルッ、という返事のような音が中から聞こえる。ハト子の聞き分けの良さに今は少し胸が痛い。

別に自分は賭け事をするためにここに来た訳ではないし、自称鳩の専門家である幣巻が大丈夫と保証してくれてはいるが、図式としてはパチンコの最中に幼児を炎天下の車に放置する親の立場と相違ないような気がしていた。

せめて、幣巻に話を早めに切り上げてもらって早くハト子を回収しよう。そう心に決めた。

さっきの場所に戻ると、幣巻は壁際の売店で買ったものか、片手に競馬新聞、片手に赤ペンを持って、モニターに映し出されるオッズと書かれた数字表と紙面を見比べていた。

馬券買う気かこの人。というか、似合いすぎだその格好。

椿はそこまで考えて、ああ、場外馬券売り場なんだから、馬券買う以外にないよね、と思い至る。自分としては、競馬と鳩を結びつけて何をやらかしたのか、早く聞いてしまいたいのだけれど。特に、幣巻が言った『精液の輸送』の詳細について。

競馬新聞もモニターも見ずに自分を睨んでいる椿に気づいたのか、幣巻は「すまん」と赤ペンを振った。

「ちょっと待っててくれ。話は後な。次の中山のレースで縁のある馬が出るんで、馬券買ってやりたい」

「はあ」

買ってやりたい、というのはどういう心境なのかも椿は分からない。応援なのだろうか。その馬の馬券をいっぱい買ってあげたら、後日馬のエサがグレードアップするとか、あるのだろうか。

ひとまず待っていろと言われたからには、待つしかない。幣巻は眉間に皺を寄せてモニターのうちの一つを見つめていた。その画面では騎手を背に乗せた馬達が、それまで付き添っていた係から引き綱を外されて、広い競馬場の中を順番に走り出している。競馬は一斉にスタートするものだというぐらいの知識は椿にもあったから、これは準備運動的なものだろうとすぐに分かった。

「なんか、綺麗。馬って」

椿の口から素直な感想が出た。テレビの競馬中継もまともに見たことがないし、観光牧場のような所に行っても母親が大きな動物が苦手で家畜とのふれあいコーナーに縁がなかったから、こうして動く馬の全体像を見たのは初めてかもしれない。

多くが茶色、時々黒、真っ白な馬もいる。どれも見るからに毛艶がよく、走るたびに全身の無駄のない筋肉がぎゅっぎゅっと動いた。フィットネスジムのＣＭでもこうはいくまい。

「猫背でもこれが綺麗と分かるか。まあ感覚としてはまともだな」

「はあ」

「どれが一番魅力的に思える？」

「うーん……」

椿はしばらく画面を眺め、交互に映し出される馬のうち一頭に目を留めた。

「ほらあの、体も、タテガミも茶色で、左の足先だけ白いやつ」

「7番か？　9番か？」

「9番の方」

自分が気に入った馬を示すと、幣巻ははあーっと長い溜息を吐いた。

「猫背はやっぱり猫背だったか。期待した俺が馬鹿だった」

「いや別に期待されてもされなくても嬉しくはないですけど」

理不尽な言い草に不貞腐《ふてくさ》れて返事をすると、幣巻は「これだ、これ」と競馬新聞の一部を赤ペンの先で囲んだ。その円の内側には『母父　ロデオマーシャル』とある。

「このレース、7番アップデートがいいとこ行くぞ。これだ。この馬の母親の父親、ロデオマーシャルってのが、俺の運命を決めたんだ」

「運命？」

「時間なくなるな。これ持っててくれ。馬券買ってくる」

それだけ言い残し、幣巻は馬券自動発売機から延びる長い列の最後尾に加わった。

椿は預けられた競馬新聞に目を通すが、記号や数字が暗号のように並び、そこから意味を読み取ることはできなかった。

確かに馬は綺麗だけれど、その競走にお金を賭けて楽しいものだろうか。椿がそう思って機械の前で操作をしている幣巻に目をやると、ちょうど財布から金を出しているところだった。

遠目からでも分かる、けっこうな枚数であろう札の束。それを、躊躇《ためら》いもなく機械に突っ込む。椿は唖然《あぜん》とした。鳩護は鳩で儲けることができる、とは言っていたが、ブリオンよりワンカップの方が余程似合いそうな格好をしておいて、本当は金持ちなのだろうか。

そういえばこの間の鳩肉を含んだ夕食、全て奢ってもらう結果になったのだ。

いや、実はあの札束は全て千円札なのかもしれない。椿は頭の中で幣巻金持ち説をやんわり否定する。でも千円札にしたって相当だ。そんなことを考えていると、軽く頭を小突かれた。

「おい。ぼーっとしてるな。猫背がさらに猫背になってるぞ。そろそろ発走だ」

「はあ……」

幣巻が右手に持っている馬券の中身を確認する勇気はなく、椿は促されるままに手近な画面を見る。さっきはばらばらの方向へ走っていた馬達が、横一列に並んで金属の枠の中に入り始めていた。

「ダート千二百だから、すぐ終わっちまうぞ。よく見とけ」

すぐに妙に明るいラッパの音が響くと、ガションという音と共に馬が一斉に駆け出した。

『綺麗に横並びで出ました、ハナを切るのは9番のストロングホーク、続いて1番の……』

早口な実況は椿の耳にはちっとも聞き取れない。せめて、幣巻が馬鹿にした9番が勝ちはしないかとじっと画面を眺めた。レース本番の走り方はさっきの準備運動とはまったく違って見えた。

全力、体の隅々を伸ばした全力だ。さっきのゆったりした走り方を美しいと椿は思ったが、今度は、激しい、という印象の方が強い。

「いけ、9番！」

思わず、隊列の先頭を切って走る9番を応援していた。

「稍重《ややおも》で前残り傾向だからな。先行策は悪くない」

「それっていいってことですか？」

幣巻の専門用語の意味は分からないが、悪くないと言っているのなら普通よりは良いということだろう。みるみるうちに、馬達は大きなカーブを曲がり、コースの真っ直ぐな部分に入っていった。

「いけ！　外回れ、かわせ！」

「よしよしそのまま追え追え伸びろ！」

「粘れやあ！」

モニターを眺めている面々から口々に言葉が零《こぼ》れる。先ほど、モニターに言ってもしょうがないのに、と思った椿も今なら少しはその気持ちが分かる。

椿がちらりと横を見ると、幣巻は黙って7番を目で追っているようだった。冷静な表情に見えて、空いた左拳を強く握りこんでいる様子が視界の隅に入る。

「ああっ！」

椿の口から思わず悲鳴が飛び出た。直線で、9番のストロングホークがどんどん後ろから来た馬に追い抜かされていく。他の馬の速度と相まって、まるで急に失速していくように見えた。一頭、二頭。三頭。9番を抜いた三頭の馬たちのさらに手前から、ギアを入れ替えたように茶色の馬がどんどん距離を詰めていく。

「よし、来た！」

幣巻の声を合図にしたようなタイミングで、7番アップデートはストロングホークを抜き、その前の馬達も追い抜き始めた。あとは先頭の一頭、というところでゴール板の前を駆け抜ける。二着のようだった。

「幣巻さん、7番、負けちゃったじゃないですか」

思わず、さっき幣巻が大枚をつぎ込んだ様子を思い出して、椿は思わず全身から血の気が引いた。

この人、すってんてんになって、帰りの電車賃貸してくれとか言いだしたらどうしよう。そもそもこのおっさん、どこに住んでいるというのだ。自分の今日のお財布から貸せるぐらいの距離だろうか。一瞬、様々な懸念材料が椿の脳裏をよぎる。

「は？　何を言ってるんだ、お前は」

幣巻は素《す》っ頓狂《とんきょう》な声を出すと、右手に持っていた馬券を見せた。そこには『複勝』と印字されている。

「俺が買ったのは単勝じゃなく複勝だよ。えーと、最終オッズ、7番は一・二倍だから、よーしよし、払い戻し四十八万。予想通りだ」

満足げに頷く幣巻に、椿は思わずぽかんと口を開けた。

「何アホ面をしているんだ。俺は、ちゃんと勝てる算段をして、無理のない金額を、期待値の高い買い方で賭けたんだよ」

「一等賞じゃなくてもいいんですか？」

「一着でも二着でも三着でもいい馬券を買ったんだ」

「なんだ、そうなんですか」

手持ちの金をなくした幣巻に貸し付けをしないで済んだ、という安堵がまず先に立つ。

「結果的に、お前の選んだ9番もなかなかだったな」

「え？」

画面には、コースに設置してある電光掲示板が映し出されていた。三着と四着の数字だけまだ表示されず、代わりに『写』という字が見える。

「写真判定か。直線で抜かれて、差し返したんだな。13番人気だったのを考えたら、掲示板に載っただけで十分よくやったのに、まさか馬券に関わるとは思わなかった。抜き返せる根性があるなら、今回ひと叩きと考えたら、次走は期待していいぞ」

幣巻が感嘆するように言うと、『確』という字と共に着順が確定したようだった。三着に9番の文字を見て、椿は思わず歓声を上げる。

「やった！　私が目を付けた9番、三着に入った！」

「大したもんだ。えーと、オッズが複勝で八・三倍だから、お前もし9番の複勝馬券を百円買ってたら、八百三十円になってたな」

「ワンコインランチいけるじゃないですか！」

会社の近所の食堂で日替わりランチ食べて、さらに食後のコーヒーもつけられるではないか。たった百円から。そう思うと、椿は馬券を買わなかったことが今さら悔しくなってきた。

「え〜、ちょっと待って下さいよ、じゃ、今日持ってきてるお金、大体一万五千円でそのフクショウ？　っていうの買ってたら……」

「十二万四千五百円」

「春のコート、余裕で買い替えられる……」

なんてことだ。じゃあもし、貯金している自分の全財産をつぎ込んでいたら……。

「……ローン審査なんて構わずマンション買えちゃう……」

自分はなんてチャンスを逃してしまったのだろう。そう思うと、俄然《がぜん》とんでもない損をしたような気になってしまう。

「あのな。よく聞け。お前絶対、馬券買うなよ」

「はい？」

はあああ、とあからさまな幣巻の溜息に、呆れと失望と叱責の意味を読み取って、椿は首を傾げた。

「猫背、お前は間違いなくギャンブルに向いていない。いいか、捕らぬ狸の皮算用なら誰にだってできるが、まだ手にいれてもいない皮に執着する奴は一番たちが悪いんだよ。全財産すってとんでもないことになりたくないなら、絶対に馬券は、いやギャンブル全般に手を出すな」

「はあ」

幣巻はこれまでで一番真剣なのではないかという表情で詰め寄ってきた。

「あと、払い戻しも一定額からは課税対象になるからな。必ずバレる。その意味でもでかいリターンを期待しての高額投資は勧められない」

「えー、だって、何億とか横領した人が、そのお金全部競馬に突っ込んだとか言うじゃないですか。それは脱税バレどうするんですか？」

「そういうのは大抵、どっかに隠し資産作っておいて、口では『競馬で溶けた』って言っておくんだよ。勝馬投票券に領収書は出ないからな」

「なるほど」

頷きながら、椿はそうか、競馬を隠《かく》れ蓑《みの》にして金を隠していたわけだ、と納得する。そうすれば横領がバレて実刑を受け服役したとしても、出所後こっそりとその金を隠し場所から出してくれれば大金持ちだ。納得はしたが、活用する機会には恵まれなさそうな知識だった。

椿が考え込んでいるうちに、幣巻は配当を受け取ってきたようだった。促されて、比較的人が少ない喫煙コーナーのベンチに座る。

「煙草臭いかもしれんが、悪いな」

「いえ、別に平気なんで」

確かにここなら煙草休憩に来た人も次のレースを見にすぐに出ていく。

「幣巻さんは、もうレースはいいんですか」

「ロデオマーシャルの子孫はもう出ないからな。うん、やっぱり出ない。今日はもういい」

幣巻は競馬新聞をざっと見返すと、きちんと畳んだ。

「で、鳩の話だ。猫背、お前、今日これまでレースで見た馬、みんな綺麗だと思ったか?」

「ええ、まあ、個体差はあるのかもしれないけど、みんなビシッていうか、ゴリッていうか、格好いいです」

「ああ。サラブレッドってのは地上で最も美しい動物だと言われている。そして、サラブレッドと認定された馬は全て、本交によって生まれていなければならない」

「ほんこう?」

本稿、本校。出版畑の椿の脳裏には慣れた漢字の言葉しか思い浮かばない。

「本当の交尾と書いて、本交、だ」

「…………」

幣巻の、交尾という言葉で思わず喫煙ブースにいる他の客を見渡してしまう。何かこの男、とんでもない話を始めるのでは、という予感がした。

「ええとそれ、反語、とかあるんですか？　本交？　に対して、違う繁殖方法とか」

「人工授精、だろうな。実は、技術的には、サラブレッドでも人工授精で子馬を産ませることは普通にできる」

こともなげに言った幣巻は、唖然とする椿に訥々《とつとつ》と語り始めた。

曰《いわ》く。家畜の繁殖や育種に人工授精というのは欠かせない。畜種によって成功しやすいかどうかの違いはあるものの、一回の射精分の精液を希釈し、任意かつ複数の雌を妊娠させることにより、効率的な繁殖と質の向上が見込める。

そこまでは椿も理解ができた。動物学など理系の分野は専門外だが、以前精肉店を取材した時、ご主人が、いかに良い種肉牛を使って子孫を残すのが大切か、霜降りサーロインを指しながら解説してくれたことがある。要するに、いい種牛と人工授精の技術があれば、生産性を飛躍的に向上させることができる、という話だった。

「だが、国際的な決まりもあり、サラブレッドというものは人工授精をしてはいけないことになっている」

「なんでですか？　サラブレッドでも人工授精使えば、いい馬いくらでも作ることができるじゃないですか。さっき幣巻さん、技術的には人工授精できるって言いましたよね？」

「そこが難しいところでな」

幣巻はひとつ大きく頷くと、言葉を選ぶようにゆっくりと話し始めた。

「サラブレッドってのはただでさえ近親交配を重ねて作り上げた馬なんだ。で、もしとんでもなく優秀な種牡馬《しゅぼば》がいたとして、人工授精で沢山の子を産ませられるってなったら、どうなると思う？」

「みんな、その優秀な種馬の人工授精をしようって思いますよね」

「そうだ。そうなると、同じ父親を持った馬ばっかりになって、一代二代は子ども達をそれで走らせていい成績出すかもしれないが、その後は交配できる馬が少なくなったり、近親交配のせいで死産や障害が多発して、結果的に産業は先細りになっちまうんだよ」

「そっか」

椿は幣巻の説明に納得した。確かに、普通の商品ならば市場を独占してしまう例もあるが、生き物なんだから二代目三代目への影響も考えなければならない。

「あれ、でも、それって人工授精できる数をコントロールするとか、できないんですか」

「できなくはないのかもしれないが、管理が難しいうえ、コッソリ入れ替えでもされたら終わりだからな」

「なるほど……」

椿は精肉店のご主人の話を聞いて後日、ニュースで日本の高価な和牛精液が非公式のルートで中国に持ち出されて問題になっているという報道を思い出した。違法でも利があるのなら、敢《あ》えて法を犯す者はいるだろう。

「まあ、そういうハード面のハードルがあるのがまず一つ」

「ソフト面のハードルもあるってことですか」

椿の問いかけに、幣巻は神妙に頷いた。どうやらこっちの方が問題としては大きいものらしい。

「猫背、お前、今日本のトップ種牡馬の種付け料、一回いくらか知ってるか？」

「ええと……」

お高いんでしょう？　というのは何となく予想がついた。

「百万とか、二百万とか、……五百万円てことはないでしょ？」

「三千万円」

「さん……っ!?」

中古なら余裕でマンションが買える。馬のセックスが一回で三千万円。価格が突飛すぎて想像が下世話にならざるを得ない。

「さすがに、そんなのはごくひとつまみだけどな。大体は数十万から数百万だ」

「はあ……」

それでも数十万から数百万。競馬ってそんなに金が廻る産業だとは知らなかった。

「話を戻すが、そういう金が動く世界なんだよ。種牡馬を所有して種付け料をとるだけで既に大きなビジネスだ。そこに、人工授精技術を取り入れたらどうなる？」

椿はさっき幣巻が言ったことを思い返す。一回分を希釈して何頭にもつけることができる。そうなると。

「価値が下がる……？」

「その通り。人工授精でほぼ上限知らずに種付けできるようになると、現行の種付けビジネスはまず崩壊してしまう」

「なるほど……」

椿は納得した。中学生ぐらいの頃、国に膨大な借金があるのならお札をいっぱい刷ればいいじゃない、と思い、それがインフレを引き起こす事例をうまく理解できなかったが、大人になった今は違う。新しい技術導入によって既存のシステムが崩壊する可能性が高いなら、敢えて取り入れる必要はない。

「既得権益だけじゃなくて、公平性の保持とか、精液の証明の仕組みとか、問題は他にもあるんだが、とにかくサラブレッドの人工授精ってのはやっちゃいけないことなんだよ」

「わかりました。よーくわかりました」

それと、幣巻が言った精液の輸送、がどう繋がるのか。椿はその間を繋ぐ橋が未だに見えない。

幣巻はメインレース発走を前に喫煙室から人がいなくなるのを見計らって、少し声を落として続けた。

「で、俺は鳩で馬の人工授精をやったわけだ」

「は？」

今、この人は何を言ったのか。さんざん馬に認められていないという人工授精の話をしておいて、自分はそれをやったと？

「そんな目で俺を見るな。法を犯したのは自覚してる。一度しかやってないし反省してる。そして時効も成立しているし、俺の罪状を証明できる奴はいない」

「悪いことしたと認めるんですね」

「まあ、それは、な」

あからさまに目線を逸らす幣巻を、椿は睨みつけた。鳩護がどうだのお前は猫背だのと無闇に偉そうにしておきながら、自分はやましいことを抱えているんじゃないか。

「まあ、聞け。猫背お前、北海道には行ったことがあるか？」

「北海道……修学旅行で、札幌とか小樽に」

北海道へは高校の修学旅行で一度行っただけだ。自由行動の時に食べたソフトクリームと焼きトウモロコシが美味しかった。茹《ゆ》でジャガイモにイカの塩辛の組み合わせはいまいちだった。あと、ホールみたいに大きな店で全員でジンギスカンを食べ、制服に臭いがついて大変だった記憶がある。

数えてみるともう十年ぐらい前のことなのだ。あの頃は、学校行事として半強制的に行かされた感があって特別にいいところという印象はなかったが、今、自由意思で行ったら色々と楽しめるのかもしれない。大人の修学旅行。今度、『暮れない』でヨシコさんに提案してみようか。

椿はそこまで考えて、ふと、福田が以前、繁忙期にまとめて有休をとって北海道に家族旅行をし、インスタに自慢気な写真を幾つも上げていたのを思い出した。

「いや、やっぱりいいや」

「何を長々と考えていたのか知らんが、話を聞け。俺はもともと、北海道の農場で従業員として働いていてな。東京で高校を卒業して、北の自然の中で働きたくて、すぐに就職したよ」

「へえ」

　幣巻はその頃のことを思い出したのか、目を閉じうっとりとした様子でいる。このおっさんにも高校生の頃があったのか、と半畳を入れるのは憚られた。

「酪農と、競走馬の生産をしているところでな。そこで働きながら、子どもの頃から好きだったレース鳩を飼育していた」

「勤め先の農場で？」

「ああ、住み込みで働いてる農場で。迷惑かけないように、少しだけだけどな」

　なるほど、と椿は想像してみる。北海道の大自然にある牧場、緑の大地、そこに飛ぶ鳩たち。メルヘンだ。

「俺に特に野望はなくて、農場の仕事をしながら鳩を飼っていられればそれで良かった。だが、そこに、どこで聞いてきたのか、俺の鳩を使いたいという男が現れた」

　次の言葉は紡がれない。幣巻は何か、痛みを伴う記憶を反芻《はんすう》しているように顔を伏せている。チューリップハットでその表情は見えない。椿は何も声をかけず、続きを待った。

「それが、俺の数代前にあたる鳩護だ」

　椿は自分がいつのまにか唾を飲み込んでいたのに気づいた。幣巻の重い声は、その人物が、自分が幣巻に抱いた印象とは違うものだったのかもしれないと連想させた。もしかしたら、とてつもなく陰惨な方向に。

「その人に、サラブレッドの精液の輸送をさせられたんですか、鳩を使って」

「そうだ」

相変わらずその顔は見えない。声ばかりが、重さを増していく。

「名前は出さない。お前はどうせ知らないだろうが、その鳩護の名も精液の主の名前も言わないでおく。ただ、俺は依頼されて、持っている鳩の中で特に優秀な三羽を訓練した。どういうコネか、俺の勤め先の大将に話をつけたらしく、長期休暇をもらってな。鳩の具体的な使用用途は聞かなかったが、北海道の交配場の近くだったのと、鳩を青森まで飛ばせるようにしろと言われて、大体の内容は悟っていたよ」

「北海道から青森まで、飛ばせるもんなんですか、鳩って」

「見くびってもらっちゃ困る」

幣巻は急に顔を上げると、憤然と語り出した。

「大きなレースだと北海道北部から関東までも飛ばすんだぞ。鳩レースの精鋭《せいえい》をなめるな。精確に、真っ直ぐ、しかも素早く飛ぶことができる。猛禽《もうきん》に襲われない限り実に忠実に訓練されたルートを辿って最短で的確に目的地に到着する。俺が育てた鳩なら尚更だ」

その自信に満ち溢れた語り口に、椿は幣巻がどういう過程を経て片棒を担ぐ羽目になったのか、おぼろげに分かるような気がした。悪い人ではない。悪い人ではないが、もし幣巻が精液輸送をしたことを後悔しているとすれば、その元凶は彼自身という気がしてきた。純粋すぎる。

そして、鳩を愛しすぎている。

その言葉に思い至って、椿の思考が止まった。幣巻は鳩を愛しすぎている。だからこそ巻き込まれた。では、自分は？　ランダムに、不条理に選ばれた鳩を愛している訳でもない自分は、これから鳩護としてどういう事態に巻き込まれるというのだろうか？

「それで、まあ、あとは単純な話だ。とある良血の種牡馬の種付けが行われた時、仲間が零れた精液を採取する。他の、資格と知識を持った仲間が輸送に耐えうるように希釈し、鳩が運べるようなサイズのカプセルに入れる。そして、待ち受けていた俺が予《あらかじ》め訓練しておいた鳩にその精液カプセルをくくりつけて、飛ばす。人間が飛行機で運ぶよりも早く鳩は青森に着く。そして、翌年、青森でロデオマーシャルが生まれた」

「それって」

「記録上は、ロデオマーシャルの父親は精液の主の弟になっている。もともと近縁ではあるが、産駒《さんく》の成績に雲泥の差がある種牡馬にな」

「それ、って」

やってはならないこと。改めて、その誤った行為の大きさと影響力に椿は思い至り、体を震わせた。

「強かったぜ。中央GⅠも二つ勝って、青森の砂の王と呼ばれた。引退後はめでたく種牡馬入りして、産駒の成績も上々。そして、何故か、俺はロデオマーシャルの子孫の馬券を買うと、必ず当たる。まったく、これも鳩護の効果なのかね」

椿は声を失った。とんでもなく景気のいい話を語りながらも、幣巻の声は暗い。

「じゃあ、幣巻さん、それ以来ずっとロデオマーシャルの馬券で生活を？」

否定の言葉が出なかったことで、椿は幣巻の来し方を知った。

「面白いだろ、俺、普通に嫁さんと子どももいるんだぜ。仕事はＩＴ系の役員てことにして、比較的ぱりっとした服装で家を出てから、着替えて時々馬券買って、そうして暮らしているんだ」

ははは、と自らを笑う幣巻の声は喉に張りついたように乾いている。相槌を打てない椿を前に、競馬新聞を掴んでゆっくりと立ち上がった。

「あの時、俺の愛鳩三羽と共に、数代前が持って来た一羽の白鳩、計四羽を訓練し、放った。青森には三羽が着いたと聞いている。どの鳩がいなくなったのかは知らない。ただ、その後、俺は多額の報酬と、その馬絡みの馬券なら負けない運と、鳩護の名を与えられた」

「それで、北海道の牧場で働いてたんですか」

「いいや」

首を振りながら、幣巻は両膝をぽんぽんと叩いた。

「その後すぐ、勤め先の馬に足蹴られてな。ご丁寧に両膝粉砕《ふんさい》だ。なんとか歩けるようにはなったが、もう現場では働けない。その頃には馬券で食える運に気付いてたから、東京に戻った」

「鳩は？　東京に戻ってからも、鳩は飼い続けたんですか？」

「いや。鳩で不正をして、なのに鳩護と言われた時から、俺は鳩を飼うのを止めたんだ。ただ、一度鳩護を言い渡されたせいか、やたら目の前にケガや病気の鳩が集まるんで、たまにそれを治してやってる」

やっぱり、と椿は思った。幣巻は、真面目にハトを愛している。公園で抗生剤入りのエサをやっていたのも、鳩を見限れないからだ。そして、悪いことに鳩を利用した自分を許せずにいる。しかし、思考の奥でひとつ引っかかることがあった。

「あれ。でも、ハト子育てたの、幣巻さんだって言ってませんでしたっけ」

「ああ」

幣巻は疲れたように笑った。

「もういい加減、鳩護を降りたい、誰かに譲ってしまいたい、と思っていたんだ。この訳の分からない馬券運も消えるかもしれないが、それでもいい。子どもも大きくなってきたし、真っ当な金で育てたい。そう思っていた頃、うちの庭にまだ雛だったあの白鳩、おまえのハト子が落ちていた」

「落ちて、いた？」

まるでベランダに落ちていた時のように、雛の時のハト子は幣巻の生活圏に飛び込んだのか。そしてその白鳩を育て上げ、ＧＰＳをつけて、野に放った。そして、椿を次の鳩護として選んで、ベランダに来た。

「つまり、幣巻さんは」

誰かに鳩護をなすりつけたかったというわけだ。椿の思考を読んでか、幣巻はばつが悪そうに頭をかく。

「悪いとは思ってる」

「思ってるったって……」

そこまで言って、椿は文句を続けられなくなった。白鳩が舞い込んできたのは幣巻が自分を指定して来させた訳ではないし、そもそも幣巻が鳩護を降りようという理由自体に椿が文句を言う筋合いはない。人になすり付けて降りようという考えに文句はあるが。

「俺は時々思うよ。青森に鳩を飛ばしたあの時、白鳩が混ざっていなかったら、俺は鳩護にはならなかったんじゃないかって。なあ猫背」

幣巻はだらりと両手を下げると、苦笑いのような顔をして口を開く。自嘲《じちょう》みたいだ、と椿は思った。

「お前は鳩護なんて訳が分からない、気持ちが悪い、関わり合いたくないと思ってるかもしれんが」

手にしていた競馬新聞を傍らのゴミ箱に捻じ込むと、椿に背を向けた。

「俺だって同じだったよ。ならずに済むんなら、それにこしたことはなかった。今でも時々、そう思う」

椿の顔を見ないまま、幣巻はそう言って踵を引きずりながら去っていった。人を猫背と馬鹿にするくせに、私よりも猫背じゃないの。そう思いはしたが、口に出して責める気にはならなかった。

電車を乗り継いで椿が部屋に着いたのは、陽が暮れて暗くなった後だった。

「今日は狭いところに閉じ込めた上、暗いとこにも入れてごめんね、ハト子」

椿はキャリーバッグからハト子を取り出すと、ハト子専用のねぐらに移した。こちらの都合で不自由な思いをさせただろうかとつい詫《わ》びたが、ハト子が気にしている様子はない。いつもの箱の中で落ち着いた様子で、少し首を傾《かし》げて椿を見上げている。

その動作がいじらしく思えて、つい椿はハト子の頭に手を伸ばした。鳩の小さい頭では猫のように掌で撫でてやるわけにはいかないから、指先で軽く搔《か》くように頭頂部を撫でてやる。

ググゥ。

喉の奥で低い声を出して、ハト子は両目を瞑《つむ》った。見るからに気持ちが良さそうだ。

「……なにさ。可愛いじゃないか」

思わず嘴の下の、喉と思しきあたりも同じように撫でる。ハト子はいかにも嬉しそうに自ら頭を上げた。

「ここか。ここがええのんか。ここか」

ステレオタイプだが実際に時代劇では聞いたことがない悪代官の台詞《せりふ》を呟きながら、ひとしきりハト子を構う。街の、小汚い鳩はそうでもないけど、うちのハト子は結構可愛いじゃないか。そう思って、椿ははっと手を止めた。

「犬猫ならともかく、鳩相手に部屋で小芝居とか、どうなんだ……」

椿は途端に気持ちが醒《さ》め、立ち上がってハト子の餌と水を用意する。勝手に、今日幣巻の言っていた言葉が思い浮かんだ。

鳩護。記憶の継承。鳩護を選ぶ白鳩。そして、馬の精液を運び果たした白鳩。

さらには、「ならずに済むんなら、それにこしたことはなかった」という幣巻の後ろ姿。訳の分からないことに巻き込まれながらも、その当事鳥である白鳩は案外普通に餌を食い、撫でれば普通に気持ちよさそうにすることに妙な違和感を感じる。

「とりあえず、……寝る」

幣巻から現実ともホラともつかない話を聞かされたうえ、知らない場所、しかも人が多い屋内に行ったことで体も精神も疲れてぐにゃぐにゃだ。

たまっている洗濯物や、いつか磨こうと思っているシンクや、一昨日焦がした鍋をどうするかは明日考えればいい。

そして、鳩に関わる全ても。何もかも明日の自分に任せてしまおう。

ハト子の餌を用意してしまうと、自分の餌を摂りたいとも思わないまま、椿は手近に干してあるTシャツとハーフパンツに着替えた。もう寝間着を着る元気もない。雑にメイク落としと歯磨きを済ませて、早々にベッドに潜り込んだ。

電気を消した闇の向こうで、改造車の騒々しいエンジンの音が近付き、また遠ざかっていく。道を歩く若者数人の、異様なまでに高いテンションの話し声も届いてくる。

みんな元気だ。日曜の夜に、騒々しく自分の好きなことをしている。謎の白鳩やら、鳩に関わる妙ちきりんな役回りなんて彼らからみたらすごく遠いことだ。そう思うと、椿は今自分が横になっている自室が世間様からナイフで切り取られた黒い小箱のように思えた。その小箱の中で、私は白鳩と眠る。白鳩は時々、クルゥと鳴くことはあっても、飛び立ってどこかへ行ってしまうことはない。翼の疵《きず》は完全に治っているのに、なお、椿と共に小箱の中にいる。

目を閉じると、幣巻の過去が勝手に再生される。足に馬の精液をくりつけられた鳩のことを思い描きながら、椿は眠りに落ちていった。


ビクリ、と体が自由落下した時のように痙攣した。夢の中で椿は、ジャーキング、という言葉を思い出す。寝入りばな神経の疲れや何やらでビクッと痙攣《けいれん》する、あれだ。やっぱり色々疲れている。そう思うと同時に、全身を違和感が襲った。

落下が続いている。

自分の身体を支えていたはずのベッドが消え去り、高いところから落ち続けている感覚がする。

「……ああ！」

　悲鳴のような声が出て、反射的に瞼を開く。落ちる感覚が続くジャーキングなんてあるものか。そう思った椿の予想は当たっていた。

　椿は、高いところから落下していた。

　それでも、夢の中だという自覚があるだけに、頭の中は妙に冷静だ。スカイダイビング？　それともバンジージャンプ？　なんて夢を見てるんだろう。高所恐怖症とまでは言わないまでも、スカイスポーツをやってみたいだなんて露《つゆ》ほども思ったことないのに。まさか地面に激突するところまで夢に見てしまうのだろうか。それはいやだ。

　落下速度に比例してなのか、思考もやたらと速く回る。自由落下特有の空気抵抗で、全身が風になぶられるような感覚がある。自分の身体を見てみると、視界が白いもので覆われた。

　羽根。鳩の。白い羽根。

　落下している椿は白い鳩の体をしていた。なんで。どうして。夢だと分かっていても混乱する椿の背中を、鋭い痛みが走った。

　痛っ。悲鳴は出ず、体の落下がいきなり止まった。視界に入る自分の白い身体の一部が、赤い血に覆われていく。

良かった、もう落ちない、そう思ったのも束の間、鳩としての自分の身体が背後から掴まれているのを感じる。手のような何か。その一部が背中に刺さって、さっきの痛みが生じたのだと感じる。

鳥類特有のよく曲がる首と、視野の広さはその手の主を視認した。猛禽。大きな鷹が、大きな足の指をいっぱいに広げて鳩の自分の身体を捕らえている。背中以外にも、他の指の爪が、羽の根元と、胸と、腹に突き刺さった。内臓まで達し始める。しかし、もがくこともできなかった。

苦しい呼吸の中で、鳩はせめて首を動かして苦しがる。その視界に、自分の足にくくりつけられた筒が見えた。

いつも自分が訓練で括りつけられたものよりも少し大きな筒。海を越えてまで懸命に運び、あと少し飛べば目的地というところまで来ていたが、その大きさが裏目に出た。

普段よりも身体に負担がかかり、疲れで羽が重くなったところを、この鷹に襲われたのだった。

鳩は観念する。鳥類に存在する絶対の力関係を覆すことは鳩にはできない。ただ、自分と共に放たれた他の鳩たちは目的地にたどり着けたのだろうか。そうであればいい。

鷹が落ち着いて食事できる地上か、それとも子が待つ彼の巣か。ゆっくりと運ばれながら、鳩の意識は薄れていく。

役割を果たせなかった。

でも自分が捕食されたことによって仲間は到達できたのかもしれない。

そんな二つの意識が、輪郭《りんかく》がぼやけたままで鳩の脳裏に浮かぶ。達成感、後悔、そしてまた達成感。どろどろと混ざり合いながら、ぶつりと途切れた。

七

「ひっ」

自分の、小さな悲鳴で目が覚めた。同時に、びくりと震える。

「今度こそ、ジャーキング……」

その現象を小さく口に出して唱えると、椿の現実の意識も肉体も、ゆっくりと目覚めを迎えた。

カーテンの向こうはもう明るい。目が覚めれば何ということはない、いつもの自分の部屋だ。また、おかしな夢を見たなあと思いながら習慣のように枕の横に放り投げてあったスマホを見て、「嘘っ」と悲鳴が出た。

始業三十分前の時間が表示されていた。このままでは完璧に遅刻だ。確か、寝る前にスマホのアラームはセットしたはずなのに、無意識のうちに止めてしまったのだろうか。今日は定例会議があるというのに！

勝手にアラームを止めた過去の自分を散々に責めながら、椿は慌てて着替え、下地もそこそこにファンデーションを塗りたくる。視界の端で、ハト子が「クルクルッ」と小さく鳴いていた。

「ごめんハト子、帰ったらすぐちゃんと水替えて掃除もするから！」

言い訳しながら、餌だけをハト子に与えて、自分は水道水をコップに満たして一気飲みする。朝食抜きだとあとで腹が減るだろうが自業自得だ。一気に飲み込んだ水が痛みと共に食道を下りていき、椿は堪えながら鞄をひっ摑んで部屋を出た。


こんな時に五センチのヒールなど履いていられない。今日のスカートの色とは合わないローヒールの靴をガンガン鳴らして駅に着くと、ようやく椿は大きく息を吐いた。うん、いつもより遅いのは間違いないけれど、これならまだギリギリ、会議には遅刻しない。電車さえ普通に動いてくれるなら、あとは何とかなる。

途中のキオスクでエネルギーバーでも買って行こうか、そう考えて改札を通って、椿はようやく違和感に気づいた。

周囲の人がおかしい。

ほとんどが通勤通学途中であろう会社員と、そして学生らしき客たちは一様に暗い顔をして、眉間に皺を寄せたり不穏な声でスマホで会話をしている。連れがいる人はひそひそと、やたら低い声で囁《ささや》き合っているようだった。どうしたんだろう。まだ芯まで覚醒《かくせい》していない椿の耳に、ざわざわとした人の声をかき消すようなアナウンスが聞こえた。

『大変ご迷惑をお掛けしております。当駅、人身事故のため運行を一時見合わせております。お急ぎのところ恐れ入りますが……』

駅員の声は冷静を通り越して暗い。ああ、事故。人が轢《ひ》かれたのか。しかも、人の間をぬって駅員がバタバタと慌ただしく走り回っている様子と、周囲の人の当惑を考えると、起きてからまだそんなに時間は経っていないらしい。「かわいそうに」「一人か」「だめだって」という声が人ごみから聞こえた。

自殺だろうか。それとも、何かがきっかけで線路に転落してしまったのか。気の毒に。椿はそう思いつつも、事故に遭った人のことを心の底から悼んでいるわけではない。一日で何十万人もが利用する電車では時々発生することではあるし、知り合いならともかく、何十万人の一の利用客という立場の椿としては、顔も名前も知らない気の毒な誰かの為に心の動きを割き続けてやる余裕はない。

この時も、椿は『今日の会議は時間を食う説明ばかりで正直どうしてもという重要なものではないし、これで遅刻の言い訳はできる』と頭のどこかで考えているほどだった。

電車がストップしたため、大抵の人は改札とホームに上る階段との間で所在なげにたむろするか、スマホを操って先方に遅刻の言い訳をしていた。椿も、編集部に一言連絡を入れる。三度目のコールで出たのは福田だった。

「おはようございます。小森です。すいません、乗ろうとした路線が人身事故で、会議遅れます」

電話の相手が福田だと分かった時から、なるべく端的に、かつ必要十分な情報量を心掛けて事情を説明した。てっきり、「分かりました、気を付けて」などと、同じく端的な返答を予想していたところ、どうにも福田の様子がおかしい。

「えっ……人身事故……？　本当に？」

福田は息を呑むようにして、声を震わせさえしている。今度は『他人の不幸にも同情的で影響を受けちゃう繊細な私』を演じようとでもいうのか。

椿は内心呆れながら、「ええ、残念ながら本当です」と淡々と答えた。こんなことで嘘を言ってどうなるというのか。

「そういうことですので、タクシーも捕まりそうにないので、復旧するのを待って出社します。何かあったらこちらの携帯に連絡お願いします。では」

引き続き、事実を淡々と述べて椿は通話を切った。人身事故、という言葉で福田のあの怯えよう。……あの人、電車の事故で身内を亡くしたとか、そういう話はあったっけ？そう頭を巡らせて、すぐに否定する。福田の性格だ、そんな衝撃的な死に方をした身内がいたなら、普段からもしょっちゅうその話題を引っ張り出してきて、『身内を可哀相な事情で亡くした可哀相な私』アピールに余念がないことだろう。

スマホを鞄に戻して溜息をつくと、椿は外の空気が吸いたくなった。人で身動きがとり辛い中、手近な階段を上ってホーム階へと上がる。

ホームは、人は多いのにやけにしんとした雰囲気に包まれていた。視界を巡らせてすぐに気づく。何本か先のホームで、停車中の電車と、先頭車両の少し先あたりで職員達がブルーシートを広げていた。

ホームの人々は沈黙の中でブルーシートを見守っていた。何人かは、そっと両掌を合わせている。椿も、それに倣って合掌《がっしょう》をした。どこの誰かは知らないし、どういう事情があったのかは知る術《すべ》もないけれど、ここで人が一人亡くなったのは事実なのだ、という当たり前のことが目の前に突き付けられ、自然と手を合わせたい気持ちになった。心が深く感応する訳ではないけれど、これ位は人としての礼儀だろう。

少しの合掌と黙禱《もくとう》を終えると、ふいに、パサパサパサ、という紙の束を振るような音が聞こえた。椿が顔を上げると、視界の端で、白い鳩が三羽、ホームと屋根の間にある狭い空間を飛び交っていた。

ああ、ハト子と同じ白い鳩だ。しかも三羽とか、珍しいな。

そこまで考えて、椿の脳裏で何かがカチリと嵌る。白い鳩。ハト子ではない、白い鳩。さっきも見た。現実ではない、夢の中で。

「……やめて」

椿は思わず口に出していた。

睡眠から覚醒してすぐに寝坊を自覚したため、意識から追いやられていた記憶が急激に蘇る。落下する自分。捕らわれた体。血で染まっていく白い羽根。

ホームの狭い空間を滑空する白鳩はブルーシートの近くで地面に降りた。そのまま、シートの奥にいる者を弔うように立ち尽くしている。

役割を果たせなかった無力感。薄れていく意識。奪われる白鳩の魂。

あらゆるイメージが全方向から椿の知覚に流れ込んできて、突如、膝から先の感覚が失われた。

椿が目覚めると、見慣れない白い天井が広がっていた。硬いマットレスの上で上体を起こす。すぐに、傍らにいた若い女性の駅員が「大丈夫ですか?」と声をかけてきた。

「ええと、あの、……駅？」

まだ現実を認識しきれていない椿は、認識できた単語だけを口にする。女性駅員は、

「そうです。ここは、構内の医務室ですのでご安心下さい」と柔らかく微笑んだ。

「どこか、ご気分がすぐれないところはありますか？　倒れた時に打って痛いところとかは？」

「いえ、別に……ないというか、大丈夫そうです」

それから、持病はないか、家を出た時の体調はどうだったか、質問を自然な流れで聞かれて、答えた。

「別に体調が悪い訳でもなかったんですが……私は、事故現場を見て、倒れたんでしょうか？」

「ええ」

駅員は控え目に微笑んだ。椿は恥ずかしさで耳まで赤くなるのを感じたが、駅員は特に気にするふうでもなく、横になっている間に脱がされたらしいジャケットを椿の膝に広げてくれた。

「時々、いらっしゃいますよ。その、ああいった事故が生じて、そのショックで急に体調を崩される方は」

「そうですか、お恥ずかしいです。あの、駅員さん達もお忙しいでしょうに、大変お手数をお掛け致しました」

「いえいえ」

女性駅員は多少大げさに手と首を振った。

「ここだけの話ですけれど、私も、ああいった現場に居合わせるのは得意ではないので、付き添いさせて頂いて、ちょっと助かりました」

はにかんだような告白に、思わず椿もつられて笑った。体にもうおかしな兆候はない。手足を伸ばしても、打ったところもないようだ。電車も通常通りに復旧したというし、もう大丈夫ですと駅員に告げた。

椿は駅員に示された利用者名簿に名前と連絡先を記入し、丁重に礼を言ってベッドから立った。

ふと思いつき、口を開く。

「あの、さっきの事故って、どんな方が……亡くなったんでしょう？」

駅員は少しだけ目を丸くすると、一拍おいてから「すいません、お答えしかねます」と頭を下げた。

椿も慌てて「すいません、失礼しました」と謝る。当たり前だ。教えてもらえる訳がないのだ。

「お気をつけて」

「本当に助かりました。ありがとうございました」

もう一度、深く頭を下げて医務室のドアに手をかけると、駅員は神妙な声で「あの」と声をかけてきた。

「自分で大丈夫と思っていても、心と体は、うまくかみ合わないことがあります。無理はなさらないでくださいね」

「はい。気を付けます」

椿は頷いて外へと出た。静かな医務室からは一転して、そこはいつもの駅の喧騒に包まれている。幸い、長時間意識を失っていた訳ではないようだ。いつものホームへの階段を上がると、変わらぬ人の波が電車を待っていた。鳩は白鳩も普通の鳩も姿はみられない。電車が止まった余波なのか、通常より混んでいる他は、まったくいつも通りだ。そのお陰か、もう椿も体調を崩すことなく普通に電車に乗りこむことができた。

人の壁に前後左右を阻まれたまま、慣れた揺れに体を任せて目的地へと運ばれていく。ふいに、「心と体は、うまくかみ合わない」という駅員の言葉が思い出された。

あの夢は、幣巻の話を聞いたせいで見てしまったのだろう。自分が受け止めるには余りにも重い死の現場。まさに、さっきの自分は心と体がうまくかみ合わなかったというわけだ。夢のせいで体がままならず、失神してしまうとまでは思わなかったけれど。

ふう、と息をつきながら、医務室の駅員さんを思い出す。仕事上、彼女はああいう事故にしばしば直面し、その当事者の心のありように思いを馳《は》せることもあるのだろう。心と体が『うまくかみ合わなかった』人達の後片付けをこなさなければならない立場の重みに、椿は静かに息を吐いた。


本来の予定からちょうど二時間遅れ。会議はとっくに終わっていた。まずは上司、それから同僚に遅れを謝罪して回る。皆、福田から椿の事情を聞いていたのか、「大変だったね」「災難だったな」と同情的な言葉が並んだ。本当は自分の寝坊と、駅での謎の失神がなければもう少し早く来られたのかもしれないと思うと、少しだけ胸が痛んだ。

ようやく自分のデスクに辿りつき、さて仕事、とメールソフトを立ちあげる。ほぼ同時に、後方からコツコツとヒールの音が近づいてきた。

来たな。椿が細く細く息を吐くと、体も勝手に強張っていく。柔軟剤の臭いがはっきりと強くなってきた。緊張にそびやかした両肩に、長いネイルつきの指が置かれるのが見えた。

「小森さあん。大変だったみたいねえ」

福田はいつもの二割増しぐらいの鼻にかかった声で、細い指で椿の両肩をもぞもぞ揉《も》んできた。ちょっとやめてよ。ネイルが服の生地に食いこんでいるだろうが。ていうか同性間でのセクハラって適用されないもんだろうか。嫌悪感を一通り脳裏で言葉にアウトプットし、椿は「そうなんですよぉ」と振り返った。何となく、遅刻の理由に自分の寝坊が含まれていると思うと後ろめたいということもあった。

「本当、運が悪かったみたいで。会議に間に合わなくて、ご迷惑をおかけしました」

「迷惑だなんて、そんなぁ」

福田はいやいやをするように全身を揺らして否定した。いくつだっけこの人。そして何児の母だっけこの人。そうは思ってももちろん椿は口には出さない。

「人ひとり亡くなったんでしょ？　迷惑なんて言い方したら、駄目じゃない」

ね？　と福田はまるで自分の子どもに言い聞かせるように微笑んでいる。あれっ、なんで私、福田に叱《しか》られている形になっているんだ？

「いえその。言葉のあやと言いますか」

「私なんてね、電話で小森さんの話聞いた時から、なんだか悲しくて。だって、小森さんがいつも使っている電車で撥《は》ねられたんでしょう？　いつも暮らしているその近くで、一人の人が絶望して、自ら命を絶つだなんて。私、可哀相で可哀相で」

いや、そもそも自殺じゃなくて不幸な事故だったのかもしれないですけど、と口を挟むことはできなかった。福田は手を組み、悲し気に語り続ける。傍目《はため》にはどこかうっとりとした様子に見えるのは、自分の目が腐っている訳ではなく、あくまで正常だからそう見えるのだと椿は自分に言い聞かせた。

「福田さんは、優しい方ですね」

心にもないことを言葉にする。淡々と、しかし心を痛めながら職務をこなしていた女性駅員とはむしろ真逆に位置する福田の振る舞いに、せめて嫌味として届けばいいと思った。

しかし、嫌味が嫌味として届かないのが福田である。

「そういうわけじゃないの。私、別に優しい人間じゃないのよ。ただ、なんていうか、すぐそういう事件に感情移入？　してしまう癖があって。テレビで事件とか事故とかの報道、ああ、子ども達に見せたくないって理由もあるけど、なるべく家で見ないようにしているのよ。どうにも心が沈んでしまって」

福田は今にもハンカチを取り出して目元を拭いそうだ。きっとべっとりとマスカラとアイラインとアイシャドウがつくんだろうな、と想像をしながら、椿は今度こそ「福田さんは繊細でいらっしゃるから」と言い捨て、椅子を回してくるりと背を向けた。

メールをチェックしている背後で「そうなのよ。家系なのかな。実はね、私のおじいちゃんが、なんていうか、横暴で親戚みんな困ってるんだけど、実は過去に色々あった人らしくってね……」と自分語りを続ける福田を無視して、頭の中は作業に切り替える。原稿の仕上げと、先方にチェックを依頼するのと、取材のスケジューリングと……。

　こなすべきタスクの山の合間で、勝手に福田の声が頭の中で再生される。

『世の中悲しいことが多すぎるの』

　人の哀しみを自分のものとして受け入れすぎて、しかも不幸に陶酔《とうすい》するのが癖になっているのであれば、世の中不幸で悲しくて仕方がない方が生きやすいのでしょうよ、あなたは。

　脳裏に幣巻の姿が思い出された。鳩護としての運が消えることになっても、その役を降りたいと言っていたあのしょぼくれた姿を。彼はきっと、それを悲しみとは自覚していない。それだけに、白鳩に自分の将来を委ねて放つことぐらいしか実行できずにいた。椿は鳩護を押し付けられているのだという理不尽も込みで、その上で、哀れだと思った。

　上滑りする意識を仕事で押さえつけながら、椿は無性に家に帰りたくなっていた。平日の昼間の暖かい陽光の中で、クルクル言うだけで静かに生きて、誰の人生の邪魔もしないハト子と一緒の部屋で、昼寝がしたかった。

その日ははかどらない仕事をなんとか終え、椿は帰り支度を整えた。

今日は朝から、正確には、目が覚める前から色々なことがありすぎた。白鳩が出てくる夢、寝坊、電車の人身事故、その事故と併せて思い出してしまった白鳩の死……。

「あとはあの疲れる人か……」

事故で死んでしまった人を、自分の身内の出来事のように嘆く福田の口調を思い出す。偽善者、と言えばその通りなのだろう。しかし、世の中のあまねく不幸を我がこととして悲しむその姿は、滑稽ではあるけれどそれ自身が可哀相だ。

自分一人が乗りこんだ社内のエレベーターで、椿は壁と肩に頭を預ける。そこから根が生え、エレベーターの箱と癒着して、その硬さも冷たさも吸い上げてしまいそうだった。

「……疲れた」

思わず呟く。咳をしても一人、って言ったの誰だったっけ。いつもならばスマホでさくさくと検索してスッキリするのに、今日はもうスマホを取り出そうという気が起きない。

ただ、家に帰って眠りたかった。腹は減っているから『暮れない』に寄ってビールをあおって、ついでに何かつまんで帰ってもいいのだが、どうも人と顔を合わせる気になれない。

ぺとぺとと低いヒールを引きずるようにして、もう朝の事故の騒ぎなど欠片《かけら》も残っていない電車に乗った。

自室の鍵を開けると、椿はそのまま玄関にうつぶせの姿勢で倒れ込んだ。全身から力が抜けていく。靴をきちんと脱ぐのも億劫で、両足をバタバタ振ったら都合よく三和土《たたき》に落ちてくれた。

「ああ〜〜〜」

思わず間抜けな声が漏れると、それが聞こえたのか、部屋の奥で「ククルゥ！」と元気な声が聞こえる。ああハト子。疲れ果てた私にも、ハト子だけは返事をしてくれる。

「……なんてね」

重い体を持ちあげて、ハト子が入っている箱の方へと向かう。こういう時、犬とか、すごくよく懐いた猫ならば、帰宅そうそう倒れ込んだ飼い主を介抱するようにすり寄ってきてくれるものなのだろうか。ケースのフタは外してあるが、ハト子は来てくれない。餌と自分への世話を要求するだけだ。

上着だけを脱いで、朝にやりそびれた水入れの掃除と糞の処理を終え、新しいシートを敷いて水と餌を与える。ハト子はがつがつと嘴を容器に突っ込んだ。

椿はシャワーを放棄して寝間着に着替え、かろうじて帰り途中のコンビニで買った唐揚げ弁当を開ける。米と唐揚げと申し訳程度の漬物。普段ならば手にとらない種類の、あくまで腹を満たすことが目的なだけの取り合わせ。もう、今日は何も難しいことは考えず、ただ肉を食べたいような気がして買ったものだ。

温めもしないでもそもそとした唐揚げを口に運ぶ。不味《まず》い訳ではないが、安い脂の臭いとそれを打ち消すような強めのニンニク臭が鼻についた。思い立って冷蔵庫で冷えているチューハイを持ってきて、ハト子を見ながら夕食を再開する。

……鳥を見ながら、鶏肉食べるって、どうよ。

ふいに思い至って、自分はひどく残酷なことをしているような気がした。ハト子は与えられた餌に満腹になったのか、ただじっと箸を動かす椿の方を見ている。

唐揚げが残り一個になって、意味のない悪戯心が湧いた。椿は半分ほど齧ると、残りを箸で摘《つま》んでハト子の嘴へと近づける。

同じ鳥同士とはいっても、種類が違うんだし。そうだ、人間だって、世界のどこかで猿の肉を食べる地域もあるというではないか。

ハト子は目の前に突き付けられた塊を、黒い目でじっと見ていた。小さく「クルッ」と鳴くと、嘴を前方に突き出し……。

「うおっとぅ！」

　嘴が唐揚げの衣に届く寸前で、椿は慌てて箸を引いた。まさか本当に突こうとするとは思っていなかった。別に、ハト子が鶏肉を食べたところで悪いことが起きる訳でもないだろうし、唐揚げが惜しいわけでもない。ただ、ハト子に戯《たわむ》れで同族（？）の肉を食べさせようとするのは道理に悖《もと》る、と正気に戻ったのだ。

「ごめんね、ハト子……」

　ハト子が食べ損ねた唐揚げを口に放り込んで、椿は謝罪した。ぐにぐにとした歯ごたえは、酒で流し込まないと飲み込めそうにない。ふいに、幣巻と食べた鳩肉の味が思い出された。よく火が通っている様子なのに、しっとりとして、旨みと肉汁に満ちたあの肉。肉を赤く染め上げたソース。完璧なマリアージュを成した重い赤ワイン。今の自分とはかけ離れた食卓だった。

　幣巻は元気だろうか。

　浮かんだ考えに、椿はいやいや違う、と首を振った。

　別に、心配とかする筋合いではないし、そもそも心配したところで、あの人きちんと妻子と帰る家と収入があるっていうんだから、悪いことにはならないんだろう。

　椿は弁当のカラと空き缶をテーブルの上に放置したまま、洗顔し歯をみがいてベッドへと向かった。もう化粧水や乳液や美容液や保湿クリームのことなんて頭に残ってはいなかった。ただ、眠りたい。

しかし、体は眠りを欲しているのに、心はまだどこかで、今朝の夢をまた見てしまうことを恐れている。またあんな鳩として死ぬような夢を見てしまったら。私は、明日、ちゃんと起きていつものようにきちんと会社に向かえるだろうか？

暗闇の中で瞼が落ちてくる。けれど、心のシャッターを閉めきれず、睡魔はまだ訪れそうにない。半端な眠りで、通常抜けるべき疲労まで蓄積されていたら嫌だなあ。そう考えていると、鼻先に何かがふわりと触れた。

シーツの肌触りとも、毛布のそれとも違う。温かくて、さらさらして、ふんわりとしている。そして、ちょっとだけ臭い。

「ハッ、ハト子ぉ!?」

暗い中、椿は慌てて上体を起こした。さっき鼻に触れた何かがいる場所を手探りすると、ハト子の胴体に腕が当たった。

「クルルッ、ホゥッ」

鳴き声で、椿は確信した。ハト子だ。確かに、檻《おり》の中に入っている訳ではなく、箱の中で生活させていたのだから、勝手に出てもおかしくない。幣巻の見立てでは怪我ももう治っているのだから、好きなところに動いていける。

しかし、今まで箱でじっとしている箱入り鳩だったのに、いきなり自発的に、しかも椿が寝ているところにやって来るだなんて。どういうつもりだ。

「……あんたもここで寝るの？」

返事はない。が、伸ばしていた足を縮めて、椿の枕元に座りこんだようだった。ここで寝ることに決めたようだ。

「まあいいか……。頼むから、うんこしないでね」

ホゥ、という答えを「了承した」と捉えるか、「約束はできない」と解釈するべきか。椿は悩んだが、すぐにどうでも良くなって再び枕に頭を預けた。シーツが汚れたなら、取り替えればいいのだ。

ハト子はちょうど、椿の首のあたりで座りこんでいる。眠っているのかどうかは暗くて分からない。しかし、あの真っ黒い両目がフニッと瞑られているのだろうと確信して、椿は自分も目を閉じた。

首元で、ハト子がゆっくり、小さく、体を上下させている。ああ、呼吸をしているのだ、と暫《しばら》くしてから気づいた。

ハト子がいる場所を中心に、じんわりと空気が温かい。生の羽毛、しかも熱源となる中身入りなんだから当然か、と納得した。湯たんぽほどではないが、首や肩が徐々に温められていく感覚がある。率直に、気持ちがよかった。

　鳩なんて別にまったく好きではなくて、街で見ても厄介だとしか思わなかった自分が、鳩に添い寝してもらっているだなんて。しかも、それを心地よく感じているだなどと、あの頃の自分に言い聞かせても納得してはもらえないだろう。うっすらと、朝に駅で女性駅員が言った『心と体は、うまくかみ合わないことがあります』という声を思い返していた。

　一致しなければ、分離してもう戻らなくなってしまったら、どうしたらいいのだろうか。こうして鳩を傍らに置いて寝るようにし続けていたならば、いつか心と体はぴったり癒着して動かしがたくなってくれるのだろうか。そうなれば、鳩護というものも受け入れられるのか。

　言葉にならない成語未満の思考が混ざり合い、椿は心身ともに深い眠りへと潜っていった。

八

歓声が止まない。何千人か、それとも何万人か。数が多すぎて何を言っているのか分からないが、興奮をはらんだ歓声が地鳴りのように響いている。

視界は真っ暗だった。どこかに閉じ込められていることを感じて、ああ、また夢か、と椿は諦めの境地に至る。その時、歓声がぴたりと止まった。

「せんせい。わたしはすべてのきょうぎしゃのなにおいて……」

代わりに、拡声器を使っているらしい声が響く。男の声だ。鳩の耳では語彙《ごい》がよく聞き取れないが、張りのある、高い肺活量を窺《うかが》わせる堂々とした発声だった。

「おりんぴっくきょうぎたいかいのきやくをそんちょうしすぽーつの……」

おりんぴっく。……オリンピック？

かろうじて認識できた言葉に、鳩となった椿は固まる。オリンピック。これは、開会式だろうか。日本語だ。とすればもしかして東京の。つまり？

「しんのすぽーつまんせいしんをもってたいかいにさんかすることをちかいます。せんしゅだいひょう……」

男の声が途切れた瞬間、カシャンという音とともに光の洪水が訪れた。鳩となった椿は思わず身を竦《すく》める。しかし、自分の左右、さらに遠くから、無数の羽音が響いているのに気づいた。

さっきの音と光の洪水は、閉じ込められていた扉が開いたためらしい。ひょこひょこと囲いの外が見えるところまで歩くと、真っ青な空の下、何千という鳩が一群となって空を目指していた。その下で、すり鉢状になった客席に何万人という観客が手を叩いて喜んでいる。その服装はどこかレトロだ。

オリンピック。

一九六四年の、それだ。

もちろん椿は生まれていない。二度目のオリンピックにも特に関心はなかったが、夢の中とはいえ過去のオリンピックの開会式、しかも会場の内部を見られるのはラッキー以外の何物でもない。椿はきょろきょろと物珍しそうに周囲を見回した。本来ならば何十万円もするプラチナチケットの立ち位置ではないか。これはよく見ておかなければ損だ。視界に自分の体の一部が入る。今日も白い鳩になっていた。

しばらく様子を観察していると、観客の歓声に笑いが混ざり始めた。近くでは、関係者らしい人が鳩となった自分を指して笑っている。

どうやら、予定通りに他の鳩と飛んでいかなかった自分が注目されているらしい。

椿は焦った。羽をばさばさと動かしてみるが、第三、第四の腕を動かしている感覚で、どう力の加減を調整すれば空へと飛びたてるのか分からない。

嘲笑はどんどん大きくなってくる。焦れば焦るほど、空を飛べない。

晴れがましい、オリンピックの開会式で嗤《わら》われた鳩。

惨めの一言に尽きる。なんて情けないことだろう。その一方で、どこか自分の立ち位置が滑稽にも思えた。

「うわあ！」

自分の情けない悲鳴で椿は目を覚ました。がばっと上体を起こし、ここがベッドの上であることを確認する。時間は朝の五時半。カーテンの向こうはまだ薄暗いようだ。枕の隣で、ハト子が「ッポウ」と小さく鳴いた。

「ああああハト子ぉ〜」

椿は思わず脱力して、ハト子を抱きしめるような形でベッドに倒れ伏した。よかった、夢だった。今までおかしな夢や危険な夢を見たけれど、恥ずかしい夢というのは初めてだ。そりゃ鷹に殺されるとかいう夢よりはましと言えたが、現在人の感覚からすると、世紀のイベントで衆人環視の中、とちって笑いものになるなんてトラウマだ。夢だったと分かってほっとしているはずなのに、同時にあの恥ずかしさがまだ抜けない。冷静になると、一羽ぼっちだった自分の姿が思い出されて、少し笑ってしまう。

ふと、椿はサイドテーブルに置いてあったスマホに手を伸ばし、ベッドに再び寝転がって検索を始めた。

『１９６４　東京オリンピック　開会式　鳩』

そんな単語の並びで調べていくと、どうも実際に東京オリンピックでは選手宣誓の後に鳩を放ったらしい。

「へえーそんなことやってたんだ……八千!?」

その数、八千羽。椿はその数に目を瞠《みは》った。八十とか、八百とかじゃなく、八千。

「フン凄そう……」

会場にいる各国の選手とか、観客とかの中に、フンを浴びせられた人はいなかったのだろうか。ついおかしな心配をしてしまう。

数の単位には驚いたけれど、確かに平和なスポーツの祭典で白い鳩がブワーッと放たれたら、それは壮観だろう。椿が頷きながらネットの記録を読み進めていると、その中で一羽だけ、飛ばなかった鳩がいたという。

「……ん？」

怪我をしていたのか、それともやる気がなかったのか。式典にぽつんと一羽残された鳩は、会場の微笑みを誘った、と。

「これかあー……」

椿はスマホを放り出して脱力した。さっき見た夢は、まさにこれだ。確かに当人としては人生を棒に振ったレベルの恥ずかしさだったが、まさか記事として後世に残されるほどのことだとは。黒歴史の追体験。何の得もない。ちょっとだけ面白くはあったが。

「これもあんたの仕業か、ハト子」

「ククッ」

肯定なのか否定なのか、まったく分からない。それよりも餌をよこせと言わんばかりに立ち上がって椿を凝視し、さらに脅すように羽を動かし始めたため、椿は二度寝を諦めざるを得なかった。良い夢とはとても言えないまでも、少し笑える夢を見させてくれたのだと思えば、恨む気は起こらなかった。

まあ、戦場だったり鷹に殺される夢よりまだましだったか。普段は座れない電車の座席にどっかり全身を預けて、椿はふうと息を吐いた。

オリンピックの夢で早い時間に起きてしまったため、せっかくなのでいつもより一時間早い電車に乗った。ゆっくり座れること以上に、空いている車内が心地よい。

朝食は会社近くの喫茶店でモーニングを摂ろうと思っている。自宅でトーストとグラノーラをつめこむよりは食費がかかるが、たまにはこういう朝もいいかもしれない。

鳩護とかなんとかいっても、こういう生活なら、別に害はないな。幣巻が言っていた、金儲けとかそんな欲は別にないまま、ハト子と暮らして、時々こんな妙な夢を見るだけ。それなら、別に、自分は鳩護でもいいのかもしれない。そんなことまで思った。

鳩がらみの夢でも、比較的おとなしい内容だったこともあり、椿は久しぶりに穏やかな気分で一日のスタートを切ることになった。


「小森さん、ごめんねえ。ほんっと、ごめんねえ」

椿の快適な気分は午前中のうちに薄れ去ることになった。昼前にコーヒーのおかわりに席を立った時、福田に捕まったのが運の尽きだった。

「私ほんとに機械オンチでぇ。パソコンとかプリンタとか複合機とか、ほんと相性悪いのよぉ」

「……そうですか」

　くねくねと体をくねらせて言い訳と謝罪を繰り返す福田に背を向けたまま、椿は床に這いつくばるようにしてコピー機の下部を調整している。

　何をどうしたらこんな紙詰まりの仕方ができるというのか。せめて詰まったら給紙トレイ開けて確認してほしい。詰まったままで放置するとかアホか。椿のそんな文句は意図せずぶつぶつ口に出ていたらしい。千切れて挟まったコピー用紙を全て引っ張り出し終えると、福田が過去最上級の申し訳なさそうな顔をしていた。

「……終わりました。ああ、もう昼休み入ってますね。じゃ私これで」

「待って！」

　いきなり手首を摑まれて、さっさとこの場を離れようとしていた椿の頭はがくんと前に出る。頸《くび》いわしたらどうしてくれるんだ。文句を言いたい気持ちを抑えて振り返ると、福田が珍しく深く頭を下げていた。

「小森さん外に出るんでしょ、ここはお詫びとして私にご馳走させて頂戴！」

「え、……はあ、まあ」

　椿は面食らった。珍しいこともあるものだ。これまで散々福田の尻拭いをしてきたが、いつも言葉での謝罪か自販機コーナーの紙コップコーヒー（しかも一番安いブレンド）だけだったというのに。

珍しく殊勝にご飯を奢りたいという、そんな好意を無下にするのも何なので、つい「では、お言葉に甘えて」と言ってしまった。けっして、いつも高めの服や靴で身を包んでいる福田なら、椿には普段手が出ない価格帯の店を選ぶだろう、という打算だけが理由だったわけではない。

「ここ、たまに食べに来るのよ」

福田に連れていかれたのは、バリエーション豊かな有機野菜サラダと自家製ロカボパンが売りの洒落た店だった。確か、低糖質ダイエット全盛期に特集を組んだ店だ、と椿は記憶を手繰る。

「体が野菜食べたいって訴えること、あるじゃない？　そんな時、ここに来ることにしてるの」

椿は「ええまあ、そういう時もありますね」と曖昧に返事した。私はロカボダイエットはしてないし、今野菜よりはパスタとか蕎麦とかナン付きカレーの気分でしたけど、とは言わない。言わないまでも、謝りたい人を連れてくるのに野菜メシというのはなかなかチャレンジングではないか、と思いはした。

さほど大きくない店内は女性客で混んでおり、福田は一番奥のテーブルまで進んだ。そのまま、奥側の席に座る。

いや上座取るのか。確かにあなたの方が先輩ではあるんだけど、今回の目的なんだっけ。そう思う椿の様子など気にせず、福田は機嫌良さそうにメニューを眺めている。椿も渡されてから眺めるが、野菜の追加オプションだの種類が多すぎるドレッシングだのに目移りして、結局『本日のおすすめワンプレートセット』にした。人におごってもらうメニューとしても無難なところだろう。

「じゃあ私、温野菜のフルプレートセットに、アイスプラントと温泉卵とボイルドチキン追加で。あと自家製レモネードも」

そこは謝罪相手と同じメニューか近い価格帯のものを選ぶのが無難なんじゃないだろうか。いや、と椿は内心で否定した。相手は福田だ。常識にあてはめようとしてはいけない。

「ほんと今日はごめんね、助かったわあー」

幸い、昼時間帯ということもあってか注文したメニューはすぐに運ばれてきた。サラダとパンとキッシュが彩りよく並んだ椿のワンプレートに対し、多くの皿を前に野菜を頬張る福田は半笑いの謝罪を繰り返す。

「最近どうもね、実家の方が慌ただしくって。自分の子どもたちもまだ小さいっていうのに、しょっちゅう母から愚痴の電話がかかってくるから、精神的に落ち着かないっていうか」

「福田さん、ご実家東京でしたっけ」

ふと思い出して椿は聞いた。

「うん足立《あだち》。でも、家にいる祖父が初期の認知症でね。もともとワンマンな人だったけど、最近さらに暴れるようにまでなっちゃって。母は私に泣きついてくるんだけど、うちも子ども達小さいからどうにもしてやれなくってねー」

「そうでしたか……」

福田はフォークの先でブロッコリーを何度も突き刺している。爪の先まで綺麗に装っている彼女でも、そんな悩みがあるとは椿も初耳だった。

子どもの用事で仕事を押し付けられる度、実家近いならお子さんを預けたりすりゃいいだろうに、と思っていた過去の自分を少し反省する。

「私ひとりっ子だから頼りたいってのは分かるんだけどね。でも旦那も忙しいし、実家を理由に子どもたちを全面的に任せるのも心苦しいし、なかなかうまくいかないわぁー」

穴あきブロッコリーを口に入れて、福田はゴリゴリと音を立ててかみ砕いた。この店の茹で野菜は全体的に固茹で傾向で、椿もそろそろ顎が疲れてきていた。

……だから仕事押し付けても許してね、という言い訳というよりは、完全に愚痴だなこれ、と思いながら、椿も茹でインゲンを噛み砕いた。

「まったく、おじいちゃんも鳩なんて飼わなきゃよかったのよ」

「は？」

今、この人、何て言ったんだ。思わぬ単語を認識してフォークが止まる椿に気付かず、福田はプチトマトにフォークを突き立てようと悪戦苦闘している。

「あの、鳩って、飼って、いらっしゃったんですか」

思わぬ人から思わぬ鳩の話が出てきて、椿は完全に面食らう。それと同時に、祖父の年代ならば、かつてあったという伝書鳩ブームを考えると、飼っていても別におかしいことではないと思い至る。しかし、福田の言葉は思わぬ方向に広がっていった。

「飼ってたっていうか、勤め先の会社が飼ってたっていうか」

「会社が？」

「おじいちゃん、新聞社に勤めててね。記者っていうより、総務とか人事とかが多かったらしいんだけど。で、そのうち何年間か、鳩の飼育担当やってたんだって」

「新聞社と、鳩？」

　椿が前のめりになると、福田は自分の話に興味を持ってもらえたのが嬉しいのか、にっこり笑ってプチトマトをつつきながら続けた。

「昔だと、ほら、携帯とかインターネットとかないわけでしょ？　だから、固定電話のないようなところから写真とか原稿とかを本社に送る用に、会社で鳩をいっぱい飼っていたんだって」

「会社に、鳩……」

　そんなことがあるのか、と、椿は自分が豆鉄砲を食らったような感覚でいた。ハト子を飼っていて、鳩護と一方的に認定され幣巻から色々と話を聞いていたつもりでいたけれど、世の中は広い。いや、この福田が鳩と縁のある家系だったのだから、狭いというべきだろうか。

「でもね」

　考え込む椿をよそに、福田はフォークを置いて溜息をついた。前を向いているのに視点は椿でも目の前のサラダでもないところに向けられていた。

「リストラなのか何なのか分かんないけど、鳩係、飼うのやめなきゃいけなくなったんだって」

「……鳩、係」

鳩、足す、役職名。何か、鳩護と似た雰囲気を持つ単語のような気がする。

「それが今でいうPTSD？　なのかな。それを機に家族にやたら当たり散らすようになっちゃったの。パワハラモラハラ、私も子どもの頃、理不尽なことでよく怒鳴られた」

「………………」

話が重い、と椿は思った。いつもならば、自分かわいそうアピールに発展しそうなところなのに、誇張が控えめなのがまた重い。福田のこんな真面目な顔を見たのは初めてのことだった。

「だからちょっと前、小森さんに鳩が好きかどうか聞かれた時、ちょっとドキッとした」

「え」

「鳩のせいでおじいちゃんが壊れちゃったってうちの家族はみんな思ってるから。私も、鳩なんか嫌いよ」

「そうですか……」

「……なあんか、らしくない話しちゃった。さ、食べよ食べよ！　昼休み終わっちゃう！」

いや、あなたの語りが長かったからなんですけど、と思いながら、椿も福田に続いて皿に残った料理を口に運び続けた。

鳩。新聞社。……そして、囚われ続ける男。
何かが頭の奥で引っかかった。

九

「おう、お疲れ」

「……お疲れ様です」

なんだこの同僚みたいなやりとり。自分で幣巻を呼び出しておきながら、椿は疑問を持たずにいられなかった。場所も悪い。他に思いつかなかったからとはいえ、初めて会った例の公園、しかも夕方の退勤後、という指定はうかつだったかもしれない。チューリップハットのくたびれた格好の男と仕事帰りの女がベンチで並んで座っている図は通行人の視線を集めてしまっている。

もっとも、幣巻は気にしないのか、通行人がいないタイミングを狙って周囲の鳩に餌をやっている。例の、抗生剤入りのやつだろうと椿は推測した。

「で、お前の白鳩は元気なのか」

「ええ。時々羽バサバサしますけど、どっかに飛んでいこうという気配はないし、かといってどこか痛がるとかもないです」

「食っちゃ寝生活か。ニート鳩だな……フフッ」

自分の発言がよほど面白かったのか、幣巻は体を揺らして笑っている。椿にしてみれば、面白くも何ともない。その餌代を賄っているのと管理人に見つからないように気を遣っているのは誰だと思っているのか。

「……いや、どうしたんだ、今日は」

「ちょっと、聞きたいことありまして。幣巻さんなら多分知ってるかなと」

河川敷で会った際、念のためと電話番号を交換しておいたのが役に立ってしまった。ハト子に何か起きない限り、絶対自分から連絡をとることはないだろうと椿は踏んでいたのだが。

「なんかこの間、オリンピックの開会式の夢見まして」

「一回目の？　二回目の？」

「一回目、一九六四年の方の」

西暦を聞いて、急に幣巻は真顔になった。

「鳩が大量に放たれた、あれか」

「それです。で、なんか一羽だけ飛ばないで残った鳩の夢見ました」

「ああ、あれか……まあ、八千羽いたらそういうのも出るだろうな。というかお前、そんな夢見たのか」

「ええ。鳩の視点だったので、すごい恥ずかしかったです」

「だろうな。じゃない、俺でもそんな夢見なかったぞ」

そうなのか。最初の戦場の夢を見ていたというから、鳩護の夢は歴代共通なのではないかと椿は漠然と考えていたが、どうもそうではないらしい。

「気に入られたんだろうさ。もう、実質的に白鳩はお前を鳩護と認めているんだろうな」

「ええ……自覚とか、そういうのないんですけど」

こう、鳩護になったら路上にたむろする鳩が全羽自分にひれ伏し始めるとか、そんなことが起こった覚えがない。椿は今朝もうっかり路上の鳩の糞を踏みそうになり、舌打ちをしたばかりだ。

「まあ、そのうち鳩護特有の幸運というか、いいこととか、あるんじゃないか。多分……」

幣巻の半端な慰めが今の椿にはそこはかとなく辛い。

幸運。私に起きたらとても嬉しいこと。恋人……は今別にいらないし。仕事……はもっと環境がよくなればいいと思うけど劇的な変化を望んでいる訳でもないし。健康長生き?

人に頼るより自己管理次第だろう。考えてみると意外と項目がないことに気づく。金？……は、幣巻が得ているが、あまり幸せそうには見えない。それに仕事由来ではないお金がイレギュラーで入ってきたら、自分の性格上、喜ぶよりは居心地が悪くなってしまう。ならば、仮に起きたら嬉しいことは。

「……ベネディクト・カンバーバッチに街で偶然遭遇するとか……？」

そうなったら大変に嬉しい。あのクールな目で見下ろされたりなんかしたら、うまく呼吸ができるか自信がないぐらいに嬉しい。が、さすがにそんなことはないだろう。来日してるとも聞いてないし。

「……ベネなんとかが誰なのか俺は知らないが、おそらく鳩護の幸運にそういうのは含まれていないと思う」

「ですよね」

椿は自嘲混じりの長い溜息をついた。同時に、これまでの会話で幣巻がそれほどしおれていないことも改めて確認した。前回、ハト子を診てもらった時には鳩護というものに随分と諦めというか、辛さを嚙みしめていたようだから、椿としても少し気にはしていたのだ。

家庭持ちというのは、こういう時に強いのかもしれない。妙な方向に感慨を抱いて、椿はベンチの上で居ずまいを正した。本題はこれからだ。

「で、もうひとつ、うちの会社の、ちょっと困ったとこのある女性についてなんですけど、その人のおじいさんて方、昔、新聞社で鳩飼ってたんですって」

「新聞社……報道用伝書鳩か」

幣巻は自分の冗談で笑っていた時とは打って変わって、目を輝かせた。確かにこちらの話の方が断然専門だろう。

「俺も話にしか聞いたことないが、戦後の結構後の時代まで活躍していたらしいな。それこそ電話も通ってない事件現場から原稿や写真のフィルム送ったり、大活躍だったそうだ」

「へえ、凄いですね。今なら携帯とか、電波通じないなら衛星電話とか、色々あるけど、昔はそういう手段はなかったわけですもんね」

「それこそ、歴史的大事件の報道に役立ったりもしてるからな。大きな航空機事故とか」

「へえ……」

椿は感心した。本格的に社会の役に立つ鳩だ。軽薄と自己愛と女子力の権化といえる福田の血縁が、そんな形で鳩と縁があるなんて想像もしたことがなかった。もしかしたら、ハト子に遭遇するまで一族郎党鳩に縁がなかったであろう自分よりも、よっぽど鳩に近い存在なんじゃないだろうか。

「それで、鳩と関わってた仕事を辞めざるを得なくて、その後、なんていうか……モラ夫になっちゃったんですって」

「モラ夫？」

「モラルハラスメントをする夫、て意味ですよ。ええと、人格攻撃をしてきたり、人のやることなすこと否定したり」

「………」

「考え込まなくても幣巻さんがそうとは言ってませんよ、家庭内では豹変《ひょうへん》して奥さんとお子さんにひどい対応するってことでもなければ」

「そ、そうか、そうだよな。俺、尻に敷かれることはあっても敷いてない……と思うし」

心配しなくても、自分が該当するかどうか生真面目に熟考するような人はモラハラ人間の可能性は低い。鳩のことで人生を狂わされたのは幣巻も同じだろうが、モラ夫にならなくて何よりだと思う。小心者ではあるかもしれないが。椿は安心させるように、たぶん、と付け加えた。

「ん。おい、豹変……？」

「そこなんです。聞きたかったのは。そのおじいちゃん、鳩の仕事やめさせられたタイミングで豹変したらしいんですよ。鳩飼ってる人って、飼育を不本意にやめさせられる時、人格変わるぐらいショック受けるものなんですか？」

「……と、言われてもな」

否定でも、肯定でも、明確な回答を待っていた椿は拍子抜けした。幣巻は下を向いて何かを思い出すようにぶつぶつと独り言を言っている。歯切れの悪さに、何か嫌な予感がした。

「まず、一つには、人によるということ」

「いや、そりゃそうでしょうけど、聞いてるのはそういうことじゃなくて」

「で、二つ目には、確証はないが心当たりはある」

「心当たり？」

「鳩を手放さざるを得なくなって、心を病む。これはどんな人間でもありうることではあるだろう。だが、人をそういう状況に追い込むのが大好きだった鳩関係者に、俺は心当たりがある」

「誰ですか、それ」

幣巻はひどく気まずそうに頭をかいた。椿にも嫌な感情が伝染する。

「俺に馬の精液輸送をさせて、俺が白鳩に選ばれるよう仕向けて鳩護にした、ヤカタっていう数代前の鳩護だよ。そして、そういう男がかかわったのなら、その心を病んだっていう男も鳩護の可能性がある」

椿は後頭部に陽光を感じた。暑い。夏の夕暮れの暑さだ。今はまだ早春なのに。ああ、そうか、これは夢だ。椿は自分の意識が現実にないことを悟り、合点がいく。

椿がゆっくり瞼を開けると、予想通り周囲は橙色《だいだいいろ》の光に満ちていた。風で髪の毛が揺れる感覚がある。

ふいに、バサバサと翼の音を聞く。小鳥の軽いそれではなく、カラスの荒い羽音ではなく、バタバタと、羽の中心に堅い芯が通っているようなしっかりした羽ばたきの音。ハト子か。今日は夢にハト子も出ているのか。明確ではない頭で椿はそう思った。

そこは自分の部屋ではなかった。夕日に包まれた、屋外の硬い床の上だ。床といっても、木やコンクリートではない。古びた防水シートのようだ。その隙間から、小さな雑草がぽつぽつ生えている。鳥の糞がところどころ模様を作っているのに気が付いて、椿は慌てて体を起こした。しかし、起こしたはずの体は視界に入らない。肉体がない。なのに、その場所を知覚している。

また、おかしな夢の中にいる。覚えがあった。ハト子がやってきた時に見た戦場の伝書鳩や、捕まった鳩や、一九六四年東京オリンピックの開会式。あの時も、確かに情景は認識できるのに、自分の身体がここには存在していないような感じだったり、鳩や人に憑依《ひょうい》していた。

椿の意識が漂っている場所は、どこかのビルの屋上らしかった。橙色の光に包まれて、年季の入った給水タンクと、その隣に納屋のような木造の小屋が見える。

屋上に小屋？　人が住むための？

注視した椿の意識はその小屋へと近づいていく。肉体はないのに、強い臭いを感じた。この臭いには覚えがある。ハト子だ。ハト子がねぐらとして使っている箱の臭いだ。糞尿と、餌と、あと鳩の体臭らしき独特の臭い。それが、小屋が近づくごとに強くなっていった。

小屋には灯り取り用らしき小さい窓があるが、ガラスは嵌められていない。代わりに、六角形が組み合わさった形をした緑色の網が張ってあった。

椿はその網の隙間を覗き込む。中には予感していた光景が広がっていた。

小屋の壁すべての面に、下駄箱のような仕切りが設けられている。その小さなスペースのところどころに、鳩がいた。空いている仕切りもあるが、鳩だけ数えたら五十羽ばかりはいるだろうか。

　ほとんどが灰色の鳩で、二、三羽、まっ白でこそないが白灰色の鳩もいる。栄養状態がいいのか、その羽根はつやつやと輝き、痩せこけているようなところも見られない。皆、つぶらな目を動かしながら、時折「クルルッ」「ポゥ」と呟くように鳴いていた。

　鳩舎《きゅうしゃ》。そんな言葉が、意識だけで漂っている椿の脳裏に浮かぶ。そんな言葉、普段の生活で接した覚えはない。けれどスムーズにこの場所の名として思い浮かんだ。

　鳩舎。鳩の住まい。鳩が落ち着いて生活をするところ。

　この鳩たちの持ち主は何者だろう。椿が周囲を見渡してみると、多くのビルが立ち並んでいるが、なかなかこのビルほど高いものはない。他のビルと比べると、ここはだいたい十階程度の高さのようだった。ビルの屋上にわざわざ鳩舎を構え、なおかつそこで何十羽も飼育するような人。よほどのマニアかつお金のある人だろうか、というぐらいしか椿には予想がつかない。

　形にならない空想を続けていると、屋上の端で夕日に溶け込むように立っている人影が見えた。西の、沈みゆく太陽を前に空を見上げている。

「……まだ、来ない……」

　かなり離れているが、呟きを椿の意識が拾う。近づいてみると、体の小さい男性だった。

歳は椿よりも一回りほど上だろうか。夕日を全身で受けるように立っていては眩しかろうに、手すりに寄りかかるようにして立ち尽くしていた。

もちろん椿にはこの人に見覚えなどない。だが、やたらとぱりっと整えられた生地のシャツが、決して清潔とはいえない鳩舎とミスマッチで印象的だった。

「……来ない……早く、頼むから、早く……」

男性はまた呟く。よほど切羽詰まっているのか、表情は硬く、西日に照らされても分かるほどに青ざめている。

「何が来ないんですか？」

椿の意識は思わず問いを発していた。真横から声をかけたはずだが、男性はちらりとも目線をよこさない。やはり、自分の存在は見えていないし、声も聞こえないのだ。

そのまま、男性は西の空を見つめ続けた。時間の感覚がなくなってくるが、太陽は西の果ての山脈に差し掛かり、ゆっくりと姿を沈めていく。やがて最後の光が消えた時、ビルの階段と屋上を繋ぐドアが開いた。

「田野倉《たのくら》さん！　写真、届きました！　記者が車飛ばして持ってきた方が早かったです！」

「えっ……もう着いたのか!?」

若い男から田野倉さんと声をかけられた男は、驚きと絶望の入り混じった声を上げる。

悲鳴に近いものだった。

「だって、そんな、鳩便の方を先に飛ばしたんだろう!? なのに、なぜ……」

「知りませんが、とにかく写真は来たので鳩はもういいですんで！　それじゃ！」

足早に階段を下りる音が遠ざかっていく。屋上に一人残された田野倉は、その場でがっくりと膝をついた。

田野倉の異変を感じ取ったのか、鳩舎の中で鳩たちがバサバサと羽ばたき、グルッグルッと騒ぐ音が屋上に響いている。田野倉は膝をついたまま、両手を床にだらりと垂らした。そのまま、握り拳で闇雲に防水シートを叩く。皮膚が裂け、血が小さな飛沫《ひまつ》となって周囲に散らばった。

「なんでだ！　なんでだ！　なんでなんだ！」

無念の思いを独りで発散しながら、田野倉は泣いていた。椿の意識は数歩ぶん離れた場所からその様子を見る。自分が肉体を伴っていないせいなのか、田野倉という男の悲哀がありありと流れ込んできてしまう。

もう後がないのに。頑張ってきたのに。かつてはあんなに。何が悪かったというのだ。どうして皆は分かってくれないのか。

田野倉は声に出さないままで吠えていた。取り返しがつかない。挽回のチャンスはない。

これが最後。そんな思いと涙と鼻水と血を垂れ流しながら、おうおうと泣いた。

陽が沈み、残照も僅かになってきた。そんな薄闇の中を、白い小さな点が近づいてくる。田野倉が泣いている屋上の上空をくるりと一回りすると、ぱたぱたと高度を下げてきた。羽音に気づいて田野倉が顔を上げる。立ち上がり、両手を空へと伸ばす。

その腕に、白い鳩が降り立った。真っ黒な目。白い羽根。美しい鳩だった。

「ハト子?」

椿の意識は思わず声に出した。田野倉はそれに注意を向けないが、白い鳩だけは椿の意識が漂っている場所を凝視した。

田野倉は白鳩を両手で支えてその足を見る。つやつやと黒い左足、そして、同じく黒い右の足は途中で千切れてなくなっていた。足が接する側の腹の羽毛が、赤黒く汚れている。猛禽だ。椿の直感が告げた。きっと飛んでくる途中で、鷹とか隼《はやぶさ》の類に襲われたのだ。その恐ろしさを過去に夢で体験した椿は全身を震わせる。襲われてなおこの白い鳩は、足の先と、そしておそらくは足にくくりつけられた物体を失ってそれでも懸命に巣へと、この田野倉のもとへと戻ってきたのだ。

田野倉は白鳩の足を確認する。暴力的にもぎ取られ、断面からまだ小さく血を滴らせる傷を指先で確認する。その間も、白鳩は濡れたような真っ黒な目を田野倉に向けていた。

白鳩を大事に両手で包み込むようにして、田野倉は自分の目の高さまで持ち上げる。もう残照さえ届かない暗い屋上で、白鳩の体は光って見えた。

田野倉は白鳩の頭に額を寄せる。椿もその感触を知っている。短い羽毛が密集した、温かくて柔らかい鳩の額。田野倉はそれを自分の眉間に押し付けて、目を閉じた。

その思考が、傍らで見守っている椿にも流れ込んでくる。

数多《あまた》の鳩を世話する日々。訓練を重ねると着実に自分の巣を覚えて帰ってくる愛しい彼ら。田野倉にとって家族と同じ、いやそれ以上に大事な存在。

なのに、優秀で、手放したくないものから彼らは仕事に出されてしまう。小さな包みに入れられ、餌のやり方もろくに聞き入れない記者たちに連れられて、西へ東へ。南へ北へと。

遠く離れた東北や長野から放たれたこともあった。足に記事や写真のフィルム入りの筒を仕込まれて、何十キロ、何百キロも離れた知らない場所から、空へと放たれてきた。時には数羽で、場合によっては一羽だけで、貴重な情報を他社に先駆けて本社へと届け続けた。

訓練を重ねていても完ぺきではない。帰巣本能を発揮できず、この屋上に帰りつけない者もいた。空を舞う天敵に襲われ、抗う術を持たない彼らは易々と命を落とした。それでも、屋上で空を見上げて待っている田野倉のもとに、彼らは懸命に情報を届け続けた。何百年、何千年とそうして人の役に立ってきた彼らは変わらない。ただ、周りの環境は変わってしまった。

電話が使える地域ならば、写真はともかく文章に関しては伝達の不安はなくなった。写真のフィルムにしても、不安定で不確実な鳩に委ねるよりも、発達した交通機関を駆使して人間が運んだ方が確実になってきた。

やがて社で鳩を有する意義が問われ始める。少なくないコストと人件費をかけてまで、続けるべき業務かと検討が為される。結論は明らかだった。ただ、ぎりぎり惰性《だせい》として業務に残されたのが、田野倉一人と数十羽の鳩だった。

「お前たちは、悪くないのにな……」

白鳩を掲げながら、田野倉は呟く。愛情。遣る瀬《やせ》無さ。無念。

「でも、役に立たない」

田野倉とは違う男の声が響いた。田野倉も、椿も、その声の暗さにびくりとする。

屋上には鳩と、田野倉と、あとは椿の意識が漂っているだけだ。しかし、何かが田野倉の肩のあたりにまとわりついている。

影？　椿はその空間を凝視するがはっきりとは見えない。田野倉の影、いや、何か暗い霧の塊のようなものがもやもやと彼の肩から背中にかけてへばりついている。

「やかた……さん……自分は、自分は間違っていたのでしょうか」

『やかた』という名に反応するように、黒い影はもぞもぞと蠢いて広がり、さらに田野倉の頭に首に、べたりと張り付く。鳩を支える田野倉の腕が、ぶるぶると震え始めた。

「役に立たない……」

田野倉は、謎の声を鸚鵡返しするように、そう呟いた。

そのまま、両手で白鳩の羽の根元あたりを摑む。動かないようにしっかりと固定して、そして、その両手にゆっくりと力が加えられていった。

「……やめて！」

椿が叫ぶのと、田野倉が鳩の羽を引き千切ったのはほぼ同時だった。

白鳩は右の羽をもがれ、左の羽はかろうじて胴体と繫がったままだが血にまみれている。床に落とされたその体と、体から離された右の羽が真っ赤に染まっていた。おかしな角度によじれた左の羽を床に打ち付けながら、真っ赤になった白鳩がもがく。血だまりを羽が叩いて飛沫が飛び散る。田野倉の靴にも、ズボンにも、鮮血による小さな水玉模様が広がった。

次第に緩慢《かんまん》な動きになっていく白鳩を見下ろしながら、田野倉は笑った。壊れたゼンマイ人形のように不快なリズムで、耳に障《さわ》る甲高い声で、男は笑い、そして泣いていた。

田野倉に取り付いていた黒い霧がふわりとその場を離れる。一瞬、その形が笑った顔のように見えて、椿は血の気が引いた。

十

自分の荒い息で目が覚めた。椿は無意識のうちに身を起こし、浅い呼吸を繰り返す。一キロ全力疾走した後のように喉がからからだ。全身にべったりとした汗がまとわりついている。

「なんで」

掠《かす》れた声を出して、ようやく自分が眠りから覚めたのだと気がついた。薄暗い周囲を見回して、間違いなく自室にいることを確認する。屋上ではない。

枕の横で、ハト子は黒い目を開いて椿を見ていた。背中をつんつんと突いても、微動だにしない。返事に鳴くこともない。

夕闇に沈む屋上で、引き裂かれた白い鳩。気持ちの悪い黒い霧、鳩殺しの男は壊れたように笑い続けていた。夢だと分かっているはずなのに、椿の耳にはあの甲高い笑い声と、黒い霧の禍々《まがまが》しさがこびりついている。

枕もとに置いてあったスマホに手を伸ばして時間を確認すると、朝の六時少し前だ。カーテンの向こうに朝日を感じる。生々しい夢のせいで体はともかく脳の疲れは全くとれていないようだ。せめてあと三十分、目を瞑って横になっていよう。眠れないまでも、少しは気分がリフレッシュするはずだ。

椿は暗闇の中で、なるべく詳細にさっきの夢を思い出そうと試みた。あの夕方、あの風、ひとコマひとコマまでも精確に再生する。

「……やかた……」

あの男は田野倉と呼ばれていた。もし福田の母方の祖父の姓と同じだったら間違いない。そして、田野倉は霧を『やかた』と呼んだ。確か、幣巻もそんな名を挙げていた。

確かめなければならないことが多すぎる。頭の中で整理していると、頬にふわっとした感触がある。ハト子が自分の首元までにじり寄ってきて、頭を頬に押し付けていた。そのまま動かない。頬に、羽毛越しの鳥特有の高い体温を感じる。

本来自分とは関係がない、できれば触れたくないことだった、と椿は反芻する。鳩護なんて関係なく、ハト子を保護することもなく、普通の生活が送れればそれでよかった。

しかし、どうもそうはさせてもらえないらしい。ならば、受け身でおろおろするのではなく、能動的に走った方がいい。椿もその程度には覚悟を固めていた。

「あ、小森さん。福田さん今日休むって」

「はい？」

椿は朝一番で福田を待ち構えていたはずが、上司の一言であっさりと予定を崩す羽目になった。

「なんか、ご実家の方が大変らしくて、急遽帰らざるを得なくなったらしいよ。しばらくかかるかもしれないって」

「はあ……」

そういえば、先日、実家の母親から呼び出しを食らうようなことを言っていた。初期認知症のお祖父さんがたいへんだからと。子どもが小さいのでなかなか応じられないということも話していた気がするが、なんとか都合をつけてヘルプに応じたのか、それとも何をおいてもヘルプに行かねばならない状態になっているのか。

「そうですか、ご家庭のことでは仕方ないですね。メールで仕事引き継いでおきます」

「うん、頼むよ」

彼女と彼女の祖父に何が起こっているのか。気に掛かる一方で、頭の中で引き継ぐべき福田の仕事を反復する。

スマホでメッセージを送ると、『ごめんね、よろしくお願いしまーす』（＋やたらかわいいスタンプ）、というかいつも通りの返事が来た。

代わりに行っておくべき取材や約束事などをリストアップして確認のために送信する。

『福田さんのお祖父さまの名字って田野倉っていいます？』

『お祖父さん、鳩の仕事を辞めざるを得なかったこと、今でも後悔していらっしゃいます？』

『お祖父さんヤカタって人お知り合いにいらっしゃるみたいです？　そして、鳩護という言葉に聞き覚えは？』

……駄目だ。聞けるわけがないのだ。少なくとも、今、実家が大変だという人にメッセで聞くことではない。

椿は福田関連の究明を諦めて、デスクに向かった。正直、福田の仕事は随分溜めこまれていたようで、それらを処理するだけで残業は覚悟しなければならない。

「……はあーあ、畜生め」

思わず零れた独り言に、パーテーションの向こうで複数の人が固まる気配がある。いかん、別に福田だけに対して零した愚痴でもなかったのに、誤解を招いてしまったか。

気を取り直すように、椿はキーボードと書類の山に向き合った。何が鳩護の幸運なのか。

はあ。もう一つ、今度は周囲に聞こえないように溜息をついた。

椿は自分は要領が悪い人間だと思っている。

決定的な記憶がある。椿が高校二年生になったばかりの頃だ。クラス替えの直後で仲の良い子と離れてしまい、とりあえず周囲の女子とお互い距離をはかりながら会話をして、なんとか昼休みに弁当を一緒に食べる四人グループの一員になった。

けっして趣味が合うとか、ものすごくフィーリングが合う訳ではないけれども、一緒にいて嫌な気持ちにはならない。このまま、無難に友情を育んでいけたら……そう思っているうちに、ゴールデンウィークが近づいていた。

ごく普通の女子高校生だった椿は、いつもやや少し足りない小遣いを補うため、両親の許可を得て地元の道の駅でのバイトを計画していた。ゴールデンウィークの混雑に伴う、一時的な売店の仕事だ。

ある昼休み、話の流れで椿はそのバイトの予定をグループ内で話した。〇日までに応募で、×日に面接なのだと、そんな話を、ごく軽く。

他の子たちが「えー、私もやりたーい」と声を上げるまで時間はかからなかった。グループは四人。求人も四人。若くて愛嬌もそこそこの女子高校生だ。余程のことがない限り受かるだろう。みんなでバイトしたら楽しいしね、じゃあ全員で受けてみようか。そんな話の流れになったと椿は記憶している。

しかしそこに、第五の声が響いたのだ。

「えー道の駅でバイトー？　いいねそれ、ウチもやりたーい」

それまであまり話したことのない、偶然にそこを通りかかっただけの、Oさんの声だった。特定のグループに属さず、かといって孤高を自ら保っているわけでもない。椿の中では、マイペースでちょっと変わった子、ぐらいの認識だった。

まさか「私らグループでバイトしたいから、Oさんは遠慮してくれない？」なんて言えるはずもない。小学生ならいざ知らず、もうみんな高校生である。椿はちょっと嫌だなあ、と思いつつ、みんなで「一緒にバイトできたらいいねー」「繁忙期だからバイトの人数増やすかもしれないじゃん？」などとその場は収まった。

そして、五人でバイトの面接を受け、椿だけが落ちた。理由は知らない。心当たりもない。ただ、事実として、落ちた。

結果、椿はゴールデンウィークの間じゅう、遊びに誘う友人もないまま、母に邪魔にされながら家でゴロゴロする羽目になった。もやもやしたのは言うまでもない。

話はそれだけで終わらなかった。ゴールデンウィーク明けに登校すると、椿の周囲の人間関係はがらっと変わっていた。

道の駅のバイトをした友人らとOさんは、苦楽を共にした団結力なのか、すっかり仲良くなっていた。椿はもはや、会話にさえうまく入っていけなかった。特に仲間外れになった訳ではなかったのだが、敬語まで使われる有様ではもうどうしようもない。既に打ち解け切った彼らの間に、自分が入る隙間はもうなかった。

なんなんだお前らは！　そもそもあのバイト、あたしが見つけてきたってのに！　道の駅でみんな一緒にゴジラでも撃退して固い友情でもお結びになられたってのか！

内心そう毒づいてもあとの祭り。幸い、ほかのグループの女子が持てあました様子の椿を誘ってくれて、結果的にその子たちと椿はそこそこ固い友情を結んだ。社会人になった今も、彼女たちとは時折ＬＩＮＥで連絡をとっている。

しかし、結果オーライだったとしても、ゴールデンウィークの失敗は椿の心に黒々と染みを残している。

あの時にバイトの話なんてしなければ。その話をOさんに聞かれなければ。バイトに受かっていたならば。いやそもそも私一人がバイトに落ちたということは何か決定的な欠点があったのだろうか？　私は彼女たちに嫌われていたのだろうか？　まったく心当たりはないのだけれど。

意味のないたらればを繰り返し、三十路も手前の現在、得た戒めは一つだ。

『自分は要領が悪いので、自分では問題なくまっすぐ歩いているように思えても、予想もしない落とし穴に落ちることがあるので、用心して生きよ』と。

椿は自分の仕事に加えて福田の分のタスクも抱えながら、そんなことを思い返していた。当然、時間はするすると溶けていく。終業時間を過ぎ、七時、八時を過ぎ。結局、会社を出たのは九時の少し前だった。

椿はとにかく腹が減っていたし、腹が立ってもいた。すきっ腹が、せっかく用心をかなぐり捨てて能動的に鳩と向かい合おうとした途端にこれかよ！という怒りに燃料を投じる。

こんな時は『暮れない』だ。早々に自炊を諦めて、椿は目当ての店へと疲れた体を引きずるようにして向かった。

「だから、私さあ、要領悪いなりに、それを受け入れて頑張ってきたつもりなんだけど」

椿はカウンターの上に突っ伏して、空になったグラスの氷を揺らした。大将がタイミングよく、新しいハイボールと取り替えてくれる。今日の機嫌の悪さを見て、二杯目ウーロン茶ホットの決まりごとは反故《ほご》にしてくれたようだった。

「うんうん、わかるわあー」

隣ではヨシコが頷きながら枝豆を次々と口の中に放り込んでいる。出されてから五分とたっていないというのに、空の莢《さや》の方が多い。

明らかに真面目に聞いていないと椿にも分かっているが、吐き出さずにはいられなかった。

「結局、どれだけ頑張っても、変に要領よくて空気読まない人になんちゃら？　持ってかれる運命にあるんじゃないかって」

「油揚げ、な」

大将が柔らかくツッコミを入れながら皿を置いてくれる。編集のプロなのに素人さんに指摘を受けてしまった。椿のささやかな反省は、程よく回ってきたハイボールと湯気を立てる揚げ出し豆腐に持っていかれた。

箸を伸ばして揚げ出し豆腐に手を付けようとした瞬間、ヨシコの箸がいち早く一口分をもぎり取っていく。私が頼んだやつ食べるのはいいにしても、一口目から先に食べるっていうのはどうなの。思わず椿が口に出そうとヨシコを見ると、当人は揚げ出し豆腐を噛みしめながらうっとりとした表情を浮かべている。

「ああん、大将の揚げ出し豆腐、出汁餡《だしあん》の風味が絶、妙っ！」

「そうかな。ふふっ」

「……！」

椿は驚愕《きょうがく》した。あの堅物の大将が、声を出して笑っている。

え。これってこれって。この二人、あれなの、いいかんじなの。いつの間に。

問い詰めたい気持ちが先行するが、抑え込んで二人の様子を引き続き観察する。一見すると、豆腐がどうの、出汁の引き方がどうのと、料理について会話を交わす店主と常連の図に過ぎないのだが、二人の視線が妙に熱を帯びている、ように、見える。

ああそうかー。そういうことかー。椿はハイボールを呷ると、揚げ出し豆腐の皿を引き寄せて平らげた。うん。美味しい。そして、ちょっと嬉しい。

目の前で、慣れ親しんだ人同士がくっついたところを目の当たりにして、私の知らない間にという驚きはあっても、妬《ねた》みとか嫉《そね》みみたいな感情は湧かない。椿はそんな自分の心の動きに心底ほっとした。良かった、まだ自分は人を祝える程度には余裕があったようだ。

「おめでとー」

「ありがとー」

揃って『暮れない』を出てすぐ。椿の簡素な祝福にヨシコは短く礼を言った。ヨシコは酒の量が多かったのか、多少足取りが覚束《おぼつか》ない。今日は話しがてら、彼女の部屋の前まで送っていった方がよさそうだ。

「でも、びっくりした。いつの間に」

「ねー。私もさあ、びっくりしたんだけど」

惚気《のろけ》ではなく、存外本当にびっくりしたように自分の頬をぺちぺち叩いている。

「ちょっと前から、大将の硬派さってなかなか他にはないな、いいなーとは思ってたのよ。そしたらこの間、店閉めたら二人で何か食べに行こうって言われて、以下略」

「おおー……やるな大将」

ほぼほぼ理想的な流れではないか。椿は大将に最大級の賛辞を贈った。

程よく酔いが回って、へらへらと笑うヨシコは幸せそのものに見える。良かったね、と、心から祝福してやりたくなった。

鳩護だろうが、何だろうが、自分の芯はまだ失ってはいない。夢の中で見た黒い霧と田野倉の絶望を振り切るように、椿は大きく首を振った。

「よーし、ちょっと酒抜きに、そこのファミレス行こうファミレス。パンケーキでも締めパフェでも奢っちゃうからさー」

「まじでー。椿ちゃん太っ腹ー」

酔っ払いヨシコの嬉しそうな声に、ひとまず椿の憂いは吹き飛んでいた。

浅い眠りの中で、馬が走っている。空の青と芝の緑と土の茶色。沢山の観客に見守られる中で、何頭もの馬達が走っている。

椿はこれは夢だと分かっていた。先日、幣巻に連れて行かれた場外馬券売り場のせいだ。それまであまり知らなかった競馬を見たことによって、こんな夢を見ているのだ。

観客の顔は見えない。みんな、どこか靄《もや》がかかっているようにその顔のつくりが見えない。馬に乗っている騎手も同じだ。馬だけが、茶色や黒、時々白っぽい体をして、みんな一生懸命に駆けている。日中、モニターごしに見たままだ。

夢の中で競馬場の様子を見ながら、椿は、あれっと声を出す。何かが違う。日中に見た、モニターの競馬場の様子と、何かが違う。夢の中で実体を持たずに、椿は周囲を見回した。目の前を馬達が走っている。芝ではない、土だ。確かダートという砂みたいなところを競走するのだと幣巻は言っていた。これは現実と同じ。でも違うのは。

騎手だった。馬にまたがり、時々鞭《むち》を持って馬の尻を叩いている騎手の服が、全員真っ白だ。モニターでは原色を使った奇抜な模様だったりしたのに、みんな、長袖のシャツを着たように白一色だ。それに合わせてなのか、ヘルメットの色も白い。そして、全員、黒いゴーグルをしている。黒いブーツも同じだ。

そうこうしているうちに、馬達は一団となってゴール板の前を駆け抜けていく。場内実況がその様子を煽《あお》る。観客席の歓声と溜息が入り混じりながら競馬場全体に響く。地面が文字通りに揺らぐほどの声だ。

夢の中の椿は無意識にスタンド向かいの電光掲示板を見る。しかし、確かモニターでは着順の表示がされていたはずなのに、数字が浮かび上がることはなく、真っ暗だ。それでも観客は沸き上がっている。

何だろう。何かがおかしい。ここは自分が画面越しに見た競馬場の姿とは違うのかもしれない。

椿は夢だと分かっているのに周囲を見回し、幣巻のチューリップハットを探す。しかし見つからない。しょうがないか、夢だもの。そう思いながらも、得体の知れない不安を感じて、なおも幣巻の姿を観衆の中に見出そうとする。しかし皆、黒っぽく地味な色合いの服を着て、しかも顔はぼやけたままだ。

そんな中で、一人だけ、はっきりと顔が見える観客がいた。皆が勝負の結果に沸き、勝利した馬が悠々とスタンドの前を横切る姿に感謝と罵声を浴びせる中、その男だけが馬を見ていなかった。真っ直ぐに、実体のないはずの椿の方を向いていた。

背はそれほど高くない、初老の男。どこか、昔の俳優に似ているな、と椿は思う。歳をとっていても気弱になることもなく、かといって若い者に傲慢《ごうまん》でもない叩き上げの苦労人。そして、眼光は鋭いのにその目の奥はどんよりと濁《にご》っている。

堅気ではない人だな、多分。椿がそう思った瞬間、こちらを見ていた男がにやりと笑った。そこには歯が一本も残っていなかった。底が知れない笑い方は、椿の感性の一番障るところを刺激するに十分だった。

この人、やばい。

言葉にすれば端的に、夢の中の椿はそう感じる。逃げたいのに意識をそこから動かせず、また、男から目を離すことも敵わない。夢という空想の舞台で、ないはずの肉体が全力で強張った。

幣巻も相当やばいおっさんだったが、あれはどちらかというと、見た目とか、雰囲気とかから、経験則的に『あまりお近づきにならない方がいい』と判断できるやばさだ。対して、この男は、どこか本能に訴えかけられているような気になる。そう、『死にたくなければ関わるな』という風に。

「お前が今の鳩護か」

歯のない口をゆっくりと動かして、男は語りかけてきた。意外と鮮明に聞き取れるのは夢だからだろうか。椿には判別がつかない。意識だけが男を知覚している状態では返事もできない。

「ふん。お前のような娘っこがなあ。毒にも薬にもなりそうもねえのに、全くどういうことだか」

煩《うるさ》い。鳩護のおっさんてのは、どうしてこう人のことを無遠慮にこき下ろしてくるんだ。幣巻による猫背呼ばわりを思い返しながら、椿の意識は男を睨みつけた。

「おう睨め睨め。このヤカタ、小娘の睨みに怯むような柔《やわ》な生き方してねえよ。こんな、ひと山百円みたいにそこいら辺にいる普通の女……いや、却って面白いかもしれんな」

男はひとしきり肩を震わせると、顔を馬場の方へと向けた。

視線の先では、コースの奥で走る馬の一群がコーナーを曲がって目の前の直線へと差し掛かるところだった。揃いの白い勝負服と白い帽子のジョッキーを背に、かろうじて番号だけは違うゼッケンをつけた馬達が一団となってゴールの方へと近づいてくる。どこか姿のぼやけた観客たちが沸きたつのを感じた。歓声もやがて、地響きのように観客席に広がっていく。

夢の中の椿も、自然とそちらへ目線を向ける。別に馬券を買っている訳でもないのに、どの馬が先頭でゴールするのだろう、一番速いのだろうと注視する。

視界の端で、男も馬達を眺めながら両手を大きく広げた。体格の割には小さな手だ、と感じて椿がそちらに目をやると、その手は小さいのではなく全ての指の第一関節から先がなかった。それでも、指の残った部分はごつごつと太く、両の掌は分厚い。椿の手の倍ぐらいはありそうだ。

男は目の前に馬達が差し掛かると、広げた腕を動かして両手を叩いた。

ぱん。

想定していた、ぱん、という軽い音よりも何倍も響くその音に、椿は思わず目を閉じる。

「ひっ」と小さく声が漏れ、夢の中で両瞼を固く瞑った。


「椿さん。椿さーん。おーい起きてってば」

「ひいっ!?」

思わず全身をびくりと揺らして飛び起きた。目の前ではヨシコが心配そうに椿の背をさすっている。照明がやけに明るい。

「大丈夫? なんか、お茶飲んでる間に眠っちゃったからそのまんまにしたけど、さすがにもう、日付変わるから」

「え、お茶……え、ここどこ」

「結構酔ってたんだね。飲んだあと、ファミレス行こうって言ったの椿さんじゃん。ほら、もう帰ろう」

「え……あ、うん」

ヨシコに言われて椿が冷静に周囲を見回すと、確かにファミレスの店内だった。そうだ、自分が誘ったのに、酔っぱらって眠って、しかも鳩の夢を見たのだ。

鳩の夢？

いいや、今、鳩が出てきたっけ？

「そんだけお酒入っててチョコレートサンデー完食したんだから胃は大丈夫そうだね。ほら、帰るよー」

「う、うん……」

ヨシコに促されるままに、会計を済ませて店を出る。さすがにもう帰ってきちんと眠らないと明日に差し支える。福田がしばらく出社できないとなったら、負担期間は長くなるのだ。

「それじゃ、ごめんねヨシコさん。またね」

「またー」

簡素な別れの挨拶を済ませて、二人は別れた。夜半の風は冷たく、店内でぬくぬく眠っていた椿の体にはちょっと辛い。コートの襟を立てて、家への道を急いだ。

それにしても、さっきの夢は。

確かあの男、ヤカタと名乗っていた。とすれば、鳩こそ出てこなかったけれど、あれは鳩護の夢ということになる。

……幣巻に連絡を取らなければ。早々にだ。時間が遅いため、スマホのリマインダーに手早く記録して、椿は帰路を急いだ。


それから一週間、結局、椿は何一つ事態を動かすことはできなかった。ハト子は相変わらずよく食べ元気で問題はないし、妙な夢も見ることはなかったが、とにかく忙しすぎたのだ。

福田が抜けたことに加え、新規の大口広告主がついたことで、仕事の方向性が変わってしまった。経営的にはいい方向なので文句を言う訳にもいかないが、いかんせんオーバーキャパシティ気味なのは否定できない。

早朝に出社して日付が変わる少し前に帰宅、即寝。そのサイクルが一週間変わらず続いた。夢を見なかったのは、忙しすぎたせいなのかもしれなかった。

例の公園に幣巻を呼び出したのは、ようやく午前半休がとれた日のことだ。椿は時間ぴったりに到着したが、幣巻はまだ来ていなかった。

平日の午前。遊ぶ子どものいない公園のベンチで人を待つ。灰色のドバトがどこからともなく飛んできて、椿の足元を取り囲んだ。

「残念。なんにも持っておりません」

言葉が通じるはずもなく、鳩たちは絶えず椿の近くをうろつき、時々うらめしそうに見上げてきたりする。

……鳩護なのに、別に鳩の反応は変わらないんだなあ、などと呑気に考える。逆に言うと、幣巻がハト子を診たりGPSを埋め込んだりということができたのは、鳩護に関係なく勉強や経験を積んだせいなのだ。

自分も、少しは学んだ方がいいだろうか。そう思い、椿は手近にいる一羽に両手を伸ばした。

「なにやってんだ、猫背」

幣巻の声に鳩たちが一斉に飛び立つ。埃《ほこり》が舞って椿は咳込んだ。なにすんだオッサン、と一言文句を言おうと顔を上げた椿は、そこで固まった。

「普通のオッサンだ……」

「のっけから失礼だなこの野郎」

幣巻はいつものチューリップハットとくたびれた上着姿ではなく、普通のスーツに身を包んでいた。ネクタイを含めて外国製とかではなさそうだが、皺ひとつなく、サイズもぴたりと合っている。髭と髪も整えてあり、中堅企業の営業課長、とでも言われたら信じてしまいそうだった。

「幣巻さん、その格好は」

「ああ、就活中だからな」

就活。想定していなかった言葉に椿の思考が停止する。

「何も驚くことはないだろう。鳩護がお前になったってことは、早晩俺は例の馬券で食っていけなくなるかもしれないってことだ。実際、お前と場外売り場に行ってから買ってないしな」

「ああ、なるほど……そういうことですか」

そういえば、子どもを育てるのに馬券で食う生活はやめたいと言っていた気がする。勝利を確約されたギャンブルで食えるのなら楽でいいではないかとも椿は思うのだが、それを否定する幣巻の姿勢は立派だと素直に思った。

なにより、本人が気持ちの部分でどこかすっきりして見える。

「就活はいいんですけど、雇ってくれるところ、あるんですか」

「なんかまた失礼だな……お前に心配されなくてもちゃんとある。今試用期間中だ」

「あ、ごめんなさい、そんな時に呼び出して」

「いや、なんとか時間貰えたからそれはいい。それより、どうした」

いつもと違う格好に違和感はあるが、口調と少しだけこちらを心配したような聞き方は以前と同じだ。椿はひとつ息を吸い、腹を括って口を開いた。

「幣巻さん。幣巻さんに例の精液輸送をさせた人、ヤカタさんっていいましたよね？」

何気なさを装った椿の声に、幣巻の表情が固まった。続いて、短く刈られた髪ごと頭がゆっくり動く。その両目は椿を見ながら、怯えたように眇《すが》められていた。

「ああ、ヤカタさんな。矢の形と書いて、矢形さん。本名かどうかは知らないが、俺の、……そうだな、恩人で、数代前の鳩護だ」

幣巻が言葉を選びながら語った内容は、大体は椿の予想通りだった。

「全ての指の先がないんですよね」

「どうして猫背が矢形さんの指を知っているんだ」

「夢で見ました」

もう椿自身も驚かない。あれはただの夢ではない。鳩護として覗いた、確かに存在した椿は競馬場で見た夢について、思い出せる全てのことを幣巻に説明した。ほとんど、答え合わせのつもりだった。

「驚いたな」

黙って椿の話を聞いていた幣巻は相当驚いたようで、項垂《うなだ》れて手を組み、道路の方を見ていた。しかしその視点はどこか遠くで像を結んでいるようだった。

「なんというか……率直にいって、カタギの人ではない。指の先がないのも、その絡みによるものだと聞いた」

「そして、儲けのために幣巻さんに馬の精液の輸送をさせたんですね」

「ああ。……あの人は、北海道のな、今はもう廃止された競馬場を使って、年に数度、草競馬と称して闇競馬を開催していたんだ」

幣巻は項垂れて、手を組んだり離したりを繰り返している。あれは、妙な競馬だと思ったら闇競馬だったのか、と椿は納得した。

「そんなこと……可能なんですか」

「それをやっちまうのがあの人だった。祭とか、イベントと称して、荒稼ぎだ」

声のトーンを落とし、幣巻はぴかぴかの革靴に目をやった。

人物の幻影だ。

幣巻の様子を見るに、もしかしたら、精液輸送以外にも後ろ暗い仕事を手伝わされていたのかもしれない。

指があってよかったですね、と皮肉を言おうとして止め、話題を変える。

「矢形さんは生きてるんですか？」

「いいや。俺が鳩護になってしばらくしてから、病気で死んだよ。商売柄、不摂生が常態化してたらしいからな。好きなだけ飲んで食って遊んで人のことブン回して、勝手に死んでいく。あの人らしいと思うよ」

矢形がすでに故人だというのも、何となく予想はついていた。初代鳩護の夢を見た時も、かなり昔の時代の夢だった。今、生きている人間よりも、死んだ鳩護の夢を見る方がまだ納得がいく。

「前に、新聞社の鳩の夢を見た時、矢形と呼ばれる黒い霧が職員の人にまとわりついていたんですよね」

「黒い霧？」

「なんていうか、こう、禍々しい、怨霊《おんりょう》のような……」

何言ってるんだ猫背、怨霊なんている訳がないだろう。

椿はそう笑われるのを期待していた。しかし、幣巻は眉間に皺を寄せて椿を凝視している。

「いや、すいません、妙なこと言って。頭は大丈夫です」

「そうじゃなくてな。怨霊。……あの人なら、ありうると思ったんだよ」

何言ってるんですか幣巻さん。今度は椿がそう言って笑ってやりたかったが、幣巻は真面目な顔で顎に手を当てている。

「だって、仮にあの新聞社の人に何かとりついていたとして、それって時代的にはかなり前のことでしょう？　矢形さん、生きている頃では」

「確かに、生きてる時代だろうけどな。あの人、なんていうか、生きてても死んでても、人に呪《のろ》いみたいに取り付いていそうっていうか」

「呪い」

ホラーっぽい話になってきてしまった。しかし、幣巻は真剣だ。椿はもともと霊魂だの幽霊だの信じている方ではないが、幣巻があまりに真正面から悩んでいるので、ついつられて信じそうになってしまう。

「死んだ人間を悪く言うのもなんだが、こう、業の深い人だったんだよ。だからこそ成功していたとも言えるが……あの人なら、死してなお、後世の鳩護を支配し続けるなんてこと、可能な気がするんだ」

幣巻の顔色が悪い。まさかそんなー、という明るい否定などできるはずもなく、椿も背中を冷たい手で撫ぜられたような寒気を感じた。

十一

　自分は普通の人間だ。そりゃ時々サボりたいと思ったりとか、幸せを振りまいていた人間が浮気離婚なんて話を聞くと少しだけザマミロとは思いもするけれど、日々つましく真面目に働いている。要領が悪いのも自覚しているので、日々の頑張りはそのマイナス補塡ぶん込みだ。これからもそうやって生きていくつもりだし、それに誰かから文句を言われる筋合いもない。

　椿の自己認識はそんなところだ。しかし、今夜だけは、自分も知覚できていない通常ならざる力に期待していた。

「いくよハト子」

「ッポ」

　抱き上げた白鳩の合意をとりつける。そのまま、ハト子を自分の枕もとに置き、電気を消した。

矢形にもう一度会ってみよう。

それが椿の狙いだった。幣巻からも大真面目に怨霊になってもおかしくないと言われてしまった過去の鳩護。なんとか、彼と対峙《たいじ》してみよう。そう思った。夢でまた会えるという確証はない。会ったところで、何ができるかも分からない。

しかし、せっかく新しい道を進み始めた幣巻や、福田の祖父の心を捉え続けていた存在に、一言ぐらい文句を言ってやりたいではないか。そのために激務をこなして定時退社をもぎ取った。バランスの良い夕食を摂って風呂も済ませた。自分なりに心身は整えたつもりだ。

「協力頼むよ、ハト子」

暗闇の中で手を伸ばしてハト子の柔らかい羽毛を撫でた。首の裏側だろうか。「ググッ」と小さな音を立てて、ハト子が顔に頰を摺《す》り寄せてきた気配がある。鳩護として何か特別なことなんてできていないが、ハト子が信頼してくれているらしきこと。それだけで椿の心は勇気づけられた。

「鳩なんて大っ嫌いだったのにね」

漏れた声は優しいものになった。そのまま瞼を閉じれば、思考がすぐにどろどろととけていく。

自分が鳩護になった意味も価値も知ったことではない。しかし、もう死んでいる人間の、たかが呪いとやらに振り回されるのはごめんだ。

具体的に何ができるかといえば、夢で奴を追い、文句を言うことぐらいしかできないが。

せめて一緒にいてよ、ハト子。

願いだけは強く思い浮かべていた。


前よりも色彩が濃いな、と椿は思った。

場所は同じ、地理的にどこかは分からないが、競馬場の中だ。でも、今回は一人一人の観客の顔がはっきりと視認できる。「そこだ」「差せ、差せ」「木崎もっと追えやあ」などといった応援なのか罵声なのか判別のつきがたい声も鮮明に聞こえる。

周囲の様子を確認していて、椿は気づいた。自分が、いる。以前の夢では、競馬場の中、自分の意識だけが中空を漂っている感覚だったのに、今ここで夢とはいえ自分の肉体が存在し、歩いて、ものを見ている。いつもの通勤着と変わらないブラウスとスラックスとコートという、何の面白みもない格好だったが、ただひとつ、おかしなことに左肩にハト子が乗っていた。

「ハト子？」

「クルッ」

返事をしたので、椿はよく似た白鳩ではなく、ハト子だということにした。よかった、ちゃんとついてきてくれた、と安堵する。

大人の女が競馬場で肩に白い鳩を乗せているというシュールすぎる状況だというのに、観客の誰も椿のことを気にしていないようだ。レースの合間合間、彼らの視線が馬たちに向けられる以外の時間帯でも、誰一人として椿を見ないし、その肩の白鳩を目にして驚く様子もない。

まあ、夢だし。

大抵のことはそれで納得することに決めて、椿はあてもなく場内を歩いた。意外なことに、日本人だけでなく外国人もかなりの割合でいるようだった。どこの国の人かはよく分からないが、白人ばかりで、しかも皆、高そうなスーツと革靴でピシッと装い、例外なくサングラスをかけている。時々、外国の女性の姿も見えたが、彼女らも艶《あで》やかな服装と大きな飾りつきの帽子で、やはりサングラスを着用していた。

椿は左肩にハト子を乗せたまま、どこへ行こうとも考えずにふらふら歩いていた。心なしか、夢の中とはいえ実体があってハト子が一緒にいる分、心強い。

このまま謎の競馬場を見学して、そのまま目が覚めても、それもいいのかもしれない。

当初の目的を椿が忘れそうになっている時、右肩に衝撃を受けた。

殴られたのかと思ったが、どうやら力強く肩に手を置かれただけらしい。目線をやると、男の分厚い掌と、太い指があった。その指の先は全て、第一関節から先がない。

「おい。また来たのか。新しくて、しょぼい鳩護め」

振り返ると、やはり、その男がいた。近くにいると、その存在感がいやでも増してくる。

こうして肉体を得て改めて見てみると、男の威圧感をより感じる。柔道でもやっていたのかと思われる体型と、歯のない口。耳も鼻も、押し潰されたような形をしている。どこか虚《うつ》ろな目はどこを見ているのか判別がつきづらい。肌はよく焼けて健康的だが、太い皺と、短く刈り込まれた髪が灰色なのを考えると、とうに退職した年頃なのかもしれなかった。

「しょぼいとか、余計なお世話です」

鳩護と呼ばれたことを否定しなかった、と自覚しながら、椿は男の視線を撥ね返した。夢なのだし、遠慮をすることはない。

とはいえ、睨まれるか、悪ければ殴られるだろうか。内心びくびくしていたが、予想に反して、男ははっはっと大きな声で笑いだした。

「いや、悪かった。しょぼいとか言って悪かったな」

笑いながら、ばんばんと両手で椿の腕を叩きにかかってくる。正直、ちょっと痛い。夢の中でまで、どうして私はこんな理不尽な痛みを知覚しなきゃいけないんだ、と思うと遣る瀬なかった。

「夢の中にまで、白鳩を連れて来られるぐらいだ。お前さん、相当だよ」

そう言うと、男は椿の左肩に両手を伸ばした。制止する間もなく、ひょいとハト子を抱え上げる。椿を叩いた手の力に反して、繊細にハト子の両翼を包み込んでいた。

ハト子は嫌がるそぶりもなく、目を細めて「クルルッ」と鳴いた。まるで、懐かしい飼い主の手元に戻って安堵したかのように見えた。それが少し、椿には癪に障った。

ハト子は男の手の中で安心したように力を抜いている。「クルッ」という小さな声がまるで猫の「ゴロゴロ」のようだ。黒い目が細まって、少し眠そうにも見えた。

「おお、いい子だ」

男の、全ての指の第一関節から先がない手で、ハト子は翼から胴体にかけてゆったりと撫でられていた。慣れた手つきだ、と椿は判断する。

というか、馴れ馴れしい。飼い主に断りもなく、人の鳩に何やってくれてるんだこのジジイは。夢の中だということも忘れ、椿は生々しい感情として男に嫉妬していた。

ハト子もハト子だ。人の家に住みついてきたと思ったら、夢の中まで同行してくれちゃって、なおかつどこの馬の骨とも分かんないジジイに撫でられて満更でもなさそうって、一体どういうつもりなのか。あんた自分で私を選んでうちに来たはずなのに。餌、一段階安いやつに下げるよ。心の中で毒づくが、もちろんハト子には伝わらない。

椿が遠慮なく男とハト子を睨んでいると、男はふっと笑ってハト子を椿に渡した。手渡され、男のように両手でしっかり抱こうとしたが、ハト子は足で椿の体をよじ上り、もとのように左肩に腰を落ち着けた。

「あのさあ、『ビルマの竪琴』じゃないんだから……」

思わず下ろそうとした椿を、男が掌を向けて制した。

「いいじゃないか。信頼している証拠だ」

「信頼？」

「手で押さえられている訳でもないのに、そこにいるだろう。飛べばいつでも逃げられるのにそうしない。信頼してなきゃ肩にはとまらんさ」

つまり、ハト子は自分の意思で椿の肩にとまっているということか。椿は納得し、右手を伸ばしてハト子の背から尻尾の辺りまでを撫でた。夢の中なのに確かに温かい。黒い目がさっきのように細まっていた。

確か幣巻に診てもらった時も、ハト子は肩に乗るようなことはしなかったはずだ。男の言うことを信じるならば、ハト子なりの序列の、私はもしかしたらトップに位置しているのかもしれない。椿は短くてふわふわの羽根が密集したハト子の喉を撫でた。「ククルッ」という声がする。『ビルマの竪琴』もまんざらではない。

「幣巻さんに自慢しよう……」

小さな呟きに、男の眉がぴくりと上がったのが分かった。

「幣巻？　幣巻って、あの幣巻か。ということは、お前が幣巻の次なんだな」

「やっぱり幣巻さんをご存じなんですね？」

質問を質問で返すような形になってしまったが、まあ、夢の中だし気にすまい。椿の失礼さに構うことなく、男は大きく頷いた。小さく開かれた口の中は、歯がないせいか底なしの穴のように見える。

「おう、俺こそがあの幣巻の坊主を一人前にしてやった、矢形だ。代替わりしてきた鳩護のうち、一番上手に鳩を使いこなす男だ」

自分で言うか。何という自信だろう。口には出さず、椿は拳を握り込んだ。

「……じゃあ、福田、いえ、田野倉さんのことも、ご存じですね」

「そういうことになるな」

断言、ではなく妙に勿体ぶった言い方をされたのが気にかかる。そして、何がおかしいのかにやにやと笑っているのも癪に障る。

幣巻も出会った当初は相当やばい人だと思ったものだったが、この男は、やはり、違う意味で近寄りたくない。椿の本能が警鐘《けいしょう》を鳴らす。まともじゃない。現実ではもう亡くなっているこの人のことを、心底苦手だと思った。

矢形の姿に、椿は行きつけの居酒屋『暮れない』にいる常連の一人を思い出した。店の奥側の、二人掛けテーブルにいつも一人で座っている六十歳ぐらいの男だ。椿が店を訪れる時は大抵そこにいる。いつも瓶ヱビスを傍らに置き、つまみにはぬか漬けとミミガー。身なりは汚くはないが、若干シャツの柄が派手というか時代遅れで、左腕には時計に疎《うと》い椿でも知っているごつい高級腕時計が巻かれているのだ。

他の常連と特に話をするでもないが、こちらの話に耳を傾けているのか、時折、店内が笑いに沸いた時に一緒に肩を揺らしている。怖い面相というわけでもないのに誰も絡まないのは、全身から「俺に構ってくれるな」というオーラが出ているのだ。なんの根拠もないが、ヤがつく職業だと椿は勝手に思っている。

矢形からは、あの常連と同じ気配がする。できるだけ、関わり合いになるべきではない。今さらながら、欠けたあの指が怖い。

自分で会いに来たとはいえ、椿は目の前の男を本当に恐れ始めていた。幣巻が言った、業の深い人物、という表現に納得する。唇と舌が勝手に震えた。

「あの、馬の、精液を輸送したって……」

「幣巻から聞いたか。そうだ、俺だよ」

男は別段大したことでもない、というように頷いた。悪びれる気配も、周囲に聞こえないようにという配慮も一切みられない。

「なんで、そんなことさせたんですか」

椿は率直に聞いた。どうせこれは夢だ、という自覚が椿の気を大きくさせていた。夢の中ならば、たとえ危ない目に遭っても本当に怪我や、もしくは殺されてしまうこともない。だからこそ、この男に踏み込んでもいける。

「儲けるためだよ。当たり前だろう？」

他になにがある？　と言わんばかりに、怪訝な顔で矢形は首を傾げていた。

「鳩護って、鳩を護るのが仕事じゃないんですか？」

「見解の違いだな。そういうことは幣巻がいかにも言いそうだが、俺にとっちゃ希な幸運の象徴よ」

男は歯のない口の片端を吊り上げて笑うと、尻ポケットからくしゃくしゃになったエコーとライターを取り出した。ライターは不釣り合いに高価そうな代物だったのがやけに印象的だ。ゆっくりと、勿体《もったい》つけるように煙草に火を点けて、男は大きく煙を吐き出した。誰も咎《とが》めるような目線をよこすことはなかった。今はこんな風に喫煙が大っぴらに為されることはない。やっぱりここは現代の競馬場ではなく、過去のどこかを舞台にした夢なのだと椿は確信に近い思いを抱いた。

「俺はな、鳩が可愛いよ。鳩を育てて、うまく売って広めて、有効な使い方をして、だれもが鳩なしには生活できないようにしてやりたいよ。そうすれば、人間は鳩を大事にする」

「違法なことをさせても？」

「鳩に法律が分かるか？　鳩にとって都合がいいなら、合法だろうが違法だろうが知ったこっちゃない」

矢形はいかにもうまそうに吸い口から煙を吸う。ひひひ、という笑い声と、やけに鼻の粘膜に張り付いてくる煙が椿には不快だった。

「そもそもここは、お天道様に顔向けできないような場所だ」

煙が立つ煙草を指に挟んで、男は両手を広げた。そのまま、天を仰ぐようにしてくるりと回る。

「見てみいや、ちゃんと、周りをさ」

促されて癪ながら、椿はぐるりと周囲を見渡した。場外馬券売り場でモニター越しに見た競馬場と違うところ、違うところ……。

「客層と……あと、騎手？　の、服とかがおかしい？　なんか、みんな、白い服ですよね」

「ほう。そこは見てたか」

矢形は意外そうに眉を上げると、煙草を足元に捨てて踏みつけた。

「そう、ここは公式に開催されている競馬じゃない。中央競馬とも地方競馬とも違う。なあ、考えてもみろ。普通の、大人しい賭けでこれだけの群衆が熱狂するか？」

確かに、言われてみれば観客席にいる人々はみな、目を血走らせて馬に声援、あるいは罵声を浴びせかけている。楽しんで応援しているなどという牧歌的な雰囲気からは程遠い。

「闇、だからこそ、だよ」

イリーガル。そんな、日常では普通に湧かない単語が椿の脳裏に浮かぶ。非合法の賭博《とばく》。スポーツ選手とか芸能人がはまって身を持ち崩すっていう、あれ。幣巻から聞いていたとはいえ、加えてこれは夢とはいえ、周囲の異様な熱狂ぶりに椿は怯んだ。

「おい、いい子ちゃんぶってそんな目で見るなよ。お察しの通り、ここは現実じゃない。俺が生きてた頃にやってたのは、さすがにもっと地味だったさ。だが今は、金に溺れたい汚い魂をいくらでも集められる。そして、その楽しみを提供してるのが俺ってわけだ」

そして、ここは矢形のテリトリー内である。

椿が思わず二、三歩後ずさったのを、矢形はやれやれと首を振って肩をすくめた。

「そう怯《おび》えなさんな。夢の闇競馬はなあ、楽しいぞ。なんせ、引退して走ってないはずの馬を出したり、海外でお役御免になった馬を連れてきて走らせたりもできる。流れる金も賞金も中央の比じゃない。夢の端の辺鄙《へんぴ》な場所で、世界有数の高額賞金レースが行われているだなんて、痛快じゃないか」

観客席に正装の外国人らしき姿が見えたのはそのためか。目をこらしてよく見ると、客が集まったフロアには欧米人だけではなく、アジア系、南米系の人々もいるようだ。集う魂とやらもインターナショナルらしい。

「現実の闇競馬も楽しかったぞ。中にはそのためだけに作られた馬もいたりな」

くっくっ、と矢形は何かを思い出したように笑った。その笑い声が、椿の記憶の奥底をくすぐる。

「もしかして、幣巻さんがやった違法な精液輸送と人工授精って」

「中央で走ったやつもいたけど、闇レースでバカ稼ぎしたのもいたな。何せ、公式には残せないような血統も作り放題だ。母子掛け、姉弟掛けなんてのもいたっけ。よく稼いでたよ」

椿は文字通りに胸糞悪くなった。夢の中だというのに吐きそうだ。自分は特段、馬や競馬に思い入れがあるわけでもないのに、矢形が楽しげに語る所業が道を踏み外していたのがよく分かる。

夢の中だけど、いや、夢の中だからこそ、殴ってみたらどうなるんだろう。ふと、そんな思いさえ浮かぶ。たぶん、ここが過去を反映した夢であるのは間違いないとはいえ、殴っても別に現実が変わるわけじゃない。ただ、自分の気持ちがスッキリするだけだ。

それだけなのだが、椿には妙に魅力的な選択肢に思えた。

「さあ、本日のメインレースだ」

椿が暴力への魅力を感じつつある中、矢形は芝居がかったしぐさで指を鳴らす。第一関節がない手でどうやってパチンと見事な音が出せるのか、椿が一瞬気を取られている間に、目の前のコースで馬たちがゲートに収まり始める。群衆の声が高鳴り、すぐにゲートが開かれた。

成り行きで、殴ることは脇に置いておいて椿もレースに見入る。序盤のうちからバチバチと容赦なく騎手の鞭《むち》が飛び、馬たちは涎《よだれ》を垂らしながら血走った目で砂の上を駆け続ける。観客の興奮も相まって、異様な雰囲気が漂っていた。

「よし、よし、よし、よし、予定通りだ」

矢形は腕を組み、満足げに頷いている。もしかしてこのジジイも馬券を買ってあるのだろうか。椿がそう思っていると、砂地を蹴り、鞭の音を響かせながら、馬たちがコーナーを曲がって正面のストレートへと戻ってきた。

幣巻に連れていかれた場外馬券売り場の喧騒とも、モニター越しに見た競馬場の熱狂とも段違いだ。血走った観客たちの目と、ガリ版刷りの紙を握りしめる様子から、これがただの草競馬ではなく闇競馬なのだと伝わってくる。

一頭だけ、真っ黒な馬が集団から抜け出てぐんぐんと後ろを突き放していく。どうやらそれが本命の馬なのか、群衆の熱気が「いいぞ」「行け」などという肯定的な言葉と共にいや増して、さながら大波が押し寄せてくるようだ。歓声の波は馬たちの真横から、疾走と同じ速さで観客を巻き込み熱を増していく。椿は耳を塞いだ。

もう一頭、真っ白な馬が群れから抜け出して先行する黒い馬を追う。四本の足が伸び、縮み、それが繰り返される度にどんどん二頭の差が縮まっていく。

全力だ。二頭の馬と二人の騎手、彼らが全力でこの場を駆け抜けようとしている。競馬に疎い椿でさえも、その美しい戦いにうっとりと見惚《みと》れた。どちらが勝つのか。息を止めて、あと数秒後に訪れるであろう決着を見届けようと首を伸ばしていると、視界の端で矢形が両手を伸ばしていた。

相撲の土俵入りのように。大きく両手を広げ、そのまま前へ。

ばん。

第一関節から先がない十本の指と掌が、音を立てる。歓声の中でもそれははっきりと聞こえた。

その瞬間、白いものがすうっと見えた。

「あれ？」

レジ袋、と椿は思った。風で飛ばされたレジ袋が、競馬場の中を漂ってたまたま馬の近くまで浮遊してきた。しかし違った。白い塊はレジ袋ではなく、規則的に羽を動かし、真っすぐ先頭を走る馬の前まで飛んでいく。

鳩だ。白い鳩。

「あっ」

白鳩だと椿が認識した瞬間、それは迷いなく先頭を走る黒い馬の前足にぶつかった。思わず小さく息を呑む。一瞬にして、白い鳩が破裂する。馬の足元を中心に赤い飛沫と白い羽根が散らばったように見えた。

一秒の何分の一かという瞬間なのに、椿の目には目の前の状況が急にスローモーションのように見える。馬はあえなく体勢を崩し、スピードを緩められないまま騎手ごと地面へと叩きつけられる。どん、という重い振動が足元まで伝わってきた。

観客席から一斉に息を呑む気配が伝わり、そして「あああ！」という悲鳴がタイミングを揃えたように馬場へと降りそそぐ。

最初に転倒した黒い馬を追走していた白い馬が、避《よ》け切れずに衝突した。

椿は思わずその場に座り込んだ。とまっていた肩が急に下降し、ハト子が羽を広げてバランスを取り、また肩へと落ち着く。場内は割れんばかりの悲鳴と怒号に包まれていた。

その中を、転倒した馬たちを避けた馬群が通り抜けていく。うち一頭が、ゴール板まであと少し、というところでぐんと全身を伸ばして先頭に立った。

「よしっ」

矢形が指の短い両手でガッツポーズを作って笑う。転倒した馬や騎手や轢かれた鳩など気に掛ける様子もない。そのまま、先頭の馬がゴール板の前を駆け抜けた。

「よしっ、よしっ、よしっ！　いいぞいいぞ、思った通りだ」

歓喜する矢形と呆然と座り込む椿の周囲では、観客の男たちが頭を抱えたり怒号を転倒した馬にぶつけたりしている。なんで誰も転んだ馬や騎手の心配をしないの。どうしてこの男は鳩がぶつかったのに喜んでいるの。目の前で起きた惨劇のショックと、周囲の人々の対応への違和感で、椿はなかなか立ち上がれない。

「なんで、あんなことをしたんですか」

矢形は歯のない口を開けて微笑んだ。

「儲けるためだよ」

純粋かつ明確な答えが返ってくるのは分かっていたのに、椿は矢形の言葉に驚愕した。

「番狂わせがないと、物事、面白くないだろう？　ましてやこれは賭け事だ。予定調和の結果だけしか出ないと旨味もない。面白くない。そのうち観客からも見限られてしまう。こうして、予定外の出来事がたまーに起こるからこそ、人々は熱狂するんだよ。おまけに、胴元である俺も儲かる。いいことずくめだ」

「どうして」

ひどく毒を込めた声が出た。自分の声だとは思えないほど、低い声。ああ、自分は、今までのことでそれなりに怒っていたのだと今更気づいた。現実の世界ではないとか、そんなことは関係ない。夢だろうが何だろうが、正しくないことだ。

「儲けるのに、鳩、使っていいんですか。馬とか人も巻き込んで、あんな事故起こさせて殺しても」

「いいんだよ。鳩護なんだから」

椿のなかで何かが音を立てて崩れた。鳩護が必ずしも鳩を可愛がるだけの存在ではないことは、幣巻の言動を見て理解していたつもりだ。それでも根本的には鳩により沿う立場である、そのことが椿が鳩護を肯定できた要素でもあった。

しかし、この男は違う。絶対に、違う。

傲岸《ごうがん》。理不尽。横暴。そんな言葉が椿の脳裏に羅列される。なんと罵ってやればいいのか、椿が答えを出す前に、矢形は若い鳩護とその白鳩を見下して笑う。

「お前だって、綺麗ごとなど通用しないとすぐに分かる時が来るよ。だって、鳩護なのだからな。鳩を使え。儲けろ。片足はもう突っ込まれているんだよ。決して引き返せない。

白鳩がお前をそうさせた」

「どうして、あんなやり方がアリなんですか。鳩を大事にするんじゃなくて使って殺すなんて。あれじゃただの利用じゃないですか」

「利用だからいいんだよ」

「だってあれじゃ」

「世の中、綺麗ごとばっかりじゃ回んねえからな。むしろ、汚いことの方が世の中をうまく回せるってこともある」

何か問題が？　と言わんばかりの、誠実さの欠片もない言葉に、椿はすぐさま牙をむく。

「社会通念上、お綺麗かどうかなんてどうでもいいんです。闇賭博だって何だってどうでもいい。ずるいのは、儲けのために鳩をあんな使い方したってことですよ。そうやって、現実の幣巻さんや田野倉さんにまで、何てことさせたんですか」

「おや。あの臆病者の田野倉がやったことを知っているのか」

心底意外だ、という風に矢形は笑った。その表情がいちいち椿の癪に障る。

「もう儲けのピークは過ぎたってのに、鳩に拘り続けていたから、俺がちょちょいと手を貸してやったよ。なに、男らしく踏ん切りをつけさせてやっただけさ。正確には、俺がかけた呪いがな」

「呪いって」

「あの生煮え男、鳩でメシ食ってるってのに、退き際を見誤りそうだったからな。親切してやったんだ。『鳩便が終わるのなら、けじめをつけるのはお前がやるべきだ』ってな」

やっぱり、鳩を殺すように唆《そそのか》したのはこの男だ。時代の流れで鳩を諦めなければならないのは仕方ないにせよ、あんなやり方に導くべきではなかった。この男は鳩護という存在を使って、惨劇を楽しんでいる。確信を得て、椿はせめて男を睨みつける。矢形は「ほう」と笑い、こちらに近づいていた。椿に近づいて上体を屈め、「おぼえておけ」と、ひどくゆっくりと喋る。酒と煙草が混ざった臭いがした。

「お前はもう、何があっても幸せにしかなれない。鳩を護ると言いつつ、鳩の命を磨《す》り潰してな」

顎を摑まれる。全ての指の第一関節から先がないはずなのに、その力は強く、両手で矢形の手首を摑んでも振りほどけない。

白鳩に合図して馬に突っ込ませた手が、自分を捕らえて離してくれそうにない。さっきまで氷水につけていたと言われても信じてしまいそうなほどに、冷たい指だった。気を抜くと、その手の冷たさで顔の筋肉が麻痺しそうになる。

「ある種の呪いだよ。お前は鳩を使って安心して幸せになってしまえ。お前の周囲で、いかなる犠牲が発生したとしてもな」

「……ふ、」

椿は全身の力を込めて手を振り払った。

「ふざけんなあっ！」

肩でハト子が慌てて羽ばたき、視界の端で白い羽根がいくつか散らばる。振り払った腕の勢いを真逆に作用させて、勢いのままに、握りこんだ拳を伸ばした。

手が男の頰にめり込む感触がある。頰の薄い皮膚の下は上顎と下顎。その間にあるはずの歯の存在は感じられない。

一拍遅れて、ぐしゃりという音が椿の耳に届いた。人を殴ると、こんな音がするんだな。夢の中なのに鮮明であることにもう驚きもしないで、椿は生まれて初めて人に明確な暴力を果たした。

「はは、元気の良いことだ」

椿の右手首が熱を持つ。摑まれ、締め上げられていると認識した瞬間、自分の身体が宙に浮いているのを感じた。

「う、うわっ」

指の先がないはずなのに、矢形は驚異的な握力で椿の腕を握り、そのまま宙づりにしていた。

「殺しはしないよ。ちっぽけな鳩護。お前はちゃんと現実に返して、せいぜいたっぷり鳩で旨味を吸った人生を歩んでもらう」

煙草臭い息が顔にかかり、椿は顔をしかめた。幣巻の煙草臭の比ではない、腐りきった毒の塊の臭い。

「そうしたら、鳩と人間の繫がりが保たれたならば、俺の思念は、この競馬場でずっと生きていられる。ずっと楽しいことが続く。なあ、楽しいんだよ。血と悲鳴で毎日が戦争みたいなお祭り騒ぎだ。お前も楽しめよ、鳩を使ってさ」

はははは、という笑い声が耳障りだ。椿が体をひねっても、腕を掴んだ体はびくともしない。

「鳩でおかしな金儲けしたり、理屈を捏《こ》ねて鳩を死なせたりするんなら、鳩護なんて何の意味もないじゃない！」

夢の中で見た、矢形以外の鳩護は、そして現実の幣巻は、みんな鳩をそれぞれの形で大事にしてきたというのに。そして、自分がハト子を大事に思っているような、そんな感情まで儲けと快楽のために利用されるのは、椿には到底承服できたものではない。

「幸せになんて、なんなくたって別にいい！」

椿が全力で叫ぶのと、矢形の野太い悲鳴が上がったのは、同時だった。椿が悲鳴の出所を見ると、白い塊が矢形の頭部に体当たりしている。椿の腕の拘束がとけて、全身が地面に落ちた。

「ハト子っ」

慌てて見上げると、ハト子が矢形の左眼球をつついていた。ぶじゅりという湿った音が矢形の悲鳴の合間に聞こえる。

「この、クソ鳩っ」

顔の半分を血に染めて、矢形はぶんと手を振り、ハト子の尾の羽を掴む。そのまま、ハト子の体を地面に叩きつけた。

「ハト子おっ！」

一瞬、二択だ、と椿は思った。

ハト子の様子を見に行くか。それとも、無防備になった矢形をどうにかするか。

後者。

選択に理由はなかった。椿の中には、ハト子に危害を与えた矢形への怒りがあった。地面に倒れ伏しているハト子へとなおも手を伸ばそうとする矢形に、全力で体当たりをする。目が潰れた左側からの奇襲だったのが幸いしたのか、完全に不意打ちの形で、矢形は椿の体ごと後方に倒れた。硬いコンクリートの床に、ぐしゃりと何かが叩きつけられる音がする。

やたら硬い卵の殻みたいだ。取材で一度見たダチョウの卵みたいな。場違いにもそんな感想が椿の脳裏に浮かんだ。

十二

椿の目覚めの気分は最悪だった。初代鳩護の、戦場の時よりもまだ悪い。覚醒して、寝ころんだままぼんやりと中空へと両手を伸ばす。その、右手首に真っ赤な痣《あざ》状の変色を確認して、「ひっ」と思わず声が出た。

右手は生々しく矢形の頬を殴った感触を覚えている。まだ拳がじんじんするようだ。右手の甲を見ると、しっかり赤い痕がついていた。覚醒しない頭で、あのジジイ、歯がなくてよかった。もし歯があったら、殴った側だというのにもっと痛い思いをしたかもしれない。できることならもう一発殴っておけばよかったとさえ思った。

ベッドでのろのろと上体を起こし、椿はふとハト子のことを思い出した。昨日、寄り添うようにして眠ったハト子は夢にまでついて来た。どういうしくみかは分からないが、謎の夢の中、この子がいてくれたのは少なからず心強かった……。

「そうだハト子！」

脳の回路が繋がり、すぐに全身を起こす。地面に叩きつけられたハト子は、一体どうなったのか。枕元を見ると、白い羽根が数枚、散らばっていた。

「……ハト子？」

数枚羽根が抜けただけで、本体はベッドの下に落ちたのだろうか。そう思い、床に降りて探す。ベッドの下にも、日中の常駐場所になっていた箱の中にも、いない。

「ハト子！」

ベランダにも、台所の棚にも、クローゼットにもハト子の姿はなかった。窓はどこも開いていないし、全て内側から施錠してある。まさか夢の中で矢形に叩きつけられて、そのまま……。

椿はもう一度ベッドに戻り、座り込んだ。枕元には、ハト子の白い羽根が五枚、朝日を受けて白く輝いていた。

朝の通勤通学時間が過ぎた頃、椿は住宅街を小走りに急いでいた。

庭の手入れや井戸端会議に精を出すご婦人がたがその面相をちらっと見て怪訝な顔をする。椿は自分の今の姿が奇妙に見えることを百も承知ながら、焦る表情を隠すこともできなかった。

角を曲がって進むと、目当ての小さな公園が見えてくる。その奥、薄暗いベンチに座るスーツ姿の男性が見えた。足元にたむろした鳩たちに、やはり今日も餌をやっている。

「幣巻さん！」

「おお、来たか」

走り寄る椿の勢いに灰色の鳩たちが散り散りに逃げる。飛び立たないで距離を取るのは、後でまた餌をねだるつもりらしかった。

「これです」

「おう」

椿は鞄の中から冷凍保存パックを取り出すと、中に入っていた五枚の羽根を幣巻に渡した。

幣巻はそのまま、壊れ物でも扱うように丁寧に羽根を観察し始めた。隣で椿は固唾《かたず》を呑んでその様子を見守る。幣巻が羽毛を指で確かめるたび、緊張で頬がぴりぴり震えた。

しばし緊張した面持ちで羽根を検分していた幣巻は、ふうと息を吐いて顔を上げた。

「特に問題はない、な。血がついているとか、その、根元に皮の組織がついているとかいう様子はないから、無理に毟ったものではない。無理矢理抜いたわけではなく、自然に抜けたと考えた方がいい」

「……そうですか」

　よかった、と続けられる心境ではないが、椿はひとまず安堵の息を吐いた。

　椿はハト子の羽根と失踪を判断した直後、携帯で幣巻に事情を説明し、「とにかくハト子の羽根を診てほしい」と連絡を取ったのだった。

　早朝、しかも突然のSOSにもかかわらず、幣巻は快く応じてくれた。椿は急いで午前の仕事をキャンセルし、待ち合わせ場所の公園に急行したというわけだった。

「そうか、ハト子、いなくなったか。……GPSも反応はないし、バッテリー切れには早いから、ハト子が意図的に『消えた』ってことだろうな」

　幣巻はどこかほっとした様子で、ハト子の羽根をひと撫でし、袋に戻した。その所作は丁寧で、鳩を慈しんでいた様子がよく分かる。

　レストランで鳩肉を美味しそうに食べたり、ハト子の体内にGPSを仕込むという過去の所業はあるが、少なくとも、夢の中の男のように鳩を馬にぶつけて殺すようなことと幣巻は無縁だと椿には思えた。

「死んだ、んでしょうか。矢形のジジイに夢の中で叩きつけられて」

「どうだろうな……疑問は多いが、そもそもハト子、普通の鳩ではないからな……」

「確かに」

考えてみると、幣巻の言う通り、ハト子は普通の鳩ではない。見た目がきれいだというだけでなく、自分で主人を選びとり、人の夢の中にまで侵入してきた奴である。

「……別に、きっと、ハト子が決めた『その時』だったんだろうさ」

ごく軽く、幣巻は言い切ってまた鳩に餌を投げる。『その時』。ハト子が椿の家のベランダにやってきたのも『その時』ならば、姿を消したのも『その時』。

何もハト子が寿命が来るまで椿のもとに身を寄せると思っていた訳ではないのだが、来るべき別れが来てしまったのだと思うと、やはり椿の胸は痛む。あんな風に突然、しかも呪いのクソジジイに夢の中で地面に叩きつけられてなんて、唐突すぎる。

「矢形さんって、何だったんでしょうね。あんなに闇競馬とか、鳩に執着するなんて。もう死んでるのに」

「強烈な人だったのは確かだ。戦争で南方行って、色々あったとは聞いたが……いや、あの人なら、成仏しないで鳩をよすがに金もうけし続けるなんてこと、やりかねん」

「迷惑この上ない……けど、本人には十分な理由があったんでしょうかね」

「わからんし、わかりたくもないけどな……」

椿がしんみりした気分に浸っていると、鞄の中でメールの着信音がした。画面を見ると、福田からだった。

てっきり、また『もう少しお休みもらいたいの。仕事やってもらっちゃってごめんね』という内容かと思いきや、椿の想像は裏切られた。

『昨日、祖父　死去につき……』

「えっ」

「どうした」

「例の、新聞社にいた鳩護の人、亡くなったって……」

「……そうか」

お歳だとは聞いていたし、福田が手伝いに行かねばならない状態だったとしたらもともと容体も悪かったのかもしれないが、まさかこのタイミングで。椿としては、つい色々と考えを巡らせてしまう。

「夢の中で、矢形さんが頭打ったことと、何か関係ありますかね」

「あるかもしれないし、ないかもしれない、としか俺には……」

「ですよね」

正しいことは結局自分たちには分からない。お前は悪くない、などと下手な慰めを言われないだけ、まだ椿の心は安らいだ。

「……仮に、矢形さんの呪いだか怨念だかがその人を苦しめていたのなら、解放された、という見方もできるんじゃないのか」

「……だといい、ですね」

頷いて、椿は冷凍保存パックの中からハト子の羽根を一枚取り出した。指先で、くるくると回してみる。

「お前な、食い物入れる袋に鳩の羽根を入れるなよ」

「ジッパー袋ってけっこう厚手だから食品以外にも便利なんですよ。旅行の時に充電ケーブル入れたり」

「へえ。俺も今度やってみるかな」

椿は頷いた。こうして、何気ない会話を、平日午前の公園で、スーツのオッサンと交わしている。現実と非現実的なハト子にまつわる全てが、自分の心とうまくかみ合ってくれなくて、鼻の奥がつんとする。

「……鳩護失格でしたね、私」

自嘲を交えながら、絞り出すように椿は続ける。

「結局、よく分からないまま鳩みんなどころか、ハト子一羽幸せにすることもなかったし。だから、別に大きな幸運とか、そういうのもなかったですし。いや別に分不相応な幸運とか欲しかったわけじゃないですけど」

「まあ、鳩の素人のままだったし、猫背は変わらないしな」

「うう……」

　項垂れる椿を横目に見ながら、幣巻は残りのエサを一気にばらまいた。時ならぬボーナスタイムに鳩たちが沸きたって足元に群がってくる。

「それでもまあ、矢形さんの怨念は行き先をもう失った訳だし、案外それがハト子が期待したお前の鳩護としての役割だったのかも知れんぞ。だとしたら、現実は何も変わらないように見えて、多分お前は鳩護になる前とまったく同じ場所にはいない」

「そうでしょうかね」

「どんなに小さな変化でも、その違いを作るために絶望的なエネルギーを必要とされることはあるんだよ。その変化を、多分、お前は得ている」

「変化……」

　椿は自分の両掌を眺めた。手相なんか分からないし、ぱっと見は以前とまったく同じ、手モデルからは程遠い普通の両掌だ。

　ああ、でも、と椿は思い返す。この手で、あの時、思いっきり矢形の横っ面をぶん殴ったのだった。あの時は夢中だったけれど、あれは、少しだけ爽快だった。

「俺とか、矢形さんとか、鳩護でいることでアホみたいに幸運を得て、人生が大きく変わっちまった側から見たら、何も起こらないお前は驚きに値するよ」

「褒めてませんよね全然それ。むしろけなしてますよね」

「褒めてんだよ。……俺は、猫背が少し羨ましいぐらいだ」

「はあ……」

「お前の怒りに、意味はあったよ。鳩の素人で、猫背で、鳩を心から愛している訳でもないお前が、鳩のために人ぶん殴った。鳩護としてどうかは評価が難しいが、ハト子としては百点じゃないか」

「……だと、いいんですけど」

幣巻は鳩を眺めて、椿の方を見ようとしない。励ましているのかと思えば、幣巻は平穏平凡なままで鳩護を終えた椿のことが本当に羨ましいようだ。

「お前できっと良かったんだよ。お前はお前なりに鳩護をやりきった。だから、ハト子もどっか行った。そういう仕組みなんだろうさ。存外、今ごろ新しい鳩護候補が白い鳩と対面しているのかもしれん」

「それはそれで複雑な気になりますが、そうなんでしょうかね……」

「保証はしてやれないけどな……」

考えるように幣巻が空を見上げた。そして「ん？」と妙な声が続く。

「おい猫背、上見ろ」

「上？」

指された方向は、まさに上としか言いようのない空のてっぺんだ。雲がところどころ浮いている青空の、その割と低いところで、白い鳥が飛んでいた。

「……ハト子？」

椿が思わず呟くと、その白い塊は間違いなくハト子にしか見えなくなっていた。トンビのように器用にくるりと輪を描くのではなく、せわしない羽ばたきで直線を飛んでは方向転換を繰り返し、幣巻と椿の頭上を飛び続けている。

青空を漂う雲に溶け込むように、ハト子の輪郭は曖昧になっていく。きっと高度を増しているのだ、と椿は思った。

きっともう、ここに降りてはこない。もう『その時』は過ぎたのだから。

確信があるからこそ、それでも一目姿を見せてくれたことに、椿は感謝する。これからハト子がどこに行くとしても、どうか無事で、安全で、飢えることなく過ごして欲しいと心から思った。それはもう、鳩護だからとか、不思議な鳩だからとか、そんな大仰なことは一切関係ない。ただ、一人と一羽の関係として、元気でいて欲しいと切に願った。

椿は見えなくなるまでその姿を追おう、と体をのけぞらせた。ほぼ真上を向く。その瞬間、ぽたりと、額に雫《しずく》が落ちてきた。

天気雨？　いや、それにしては冷たくない。むしろ、若干生温かい気がする。無意識に額に手を伸ばした椿は、濡れた指先を見て固まった。

「……やられた」

「ご愁傷さん」

幣巻が上着のポケットから広告ティッシュを差し出してくる。椿はありがたく受け取ると額と指を拭いた。眉間の皺が直らないので若干拭きづらい。

「口とか目じゃなくてよかったと思っておこうや」

「そういう問題じゃないです。ハト子あの野郎。恩返しにしては、あまりにも……」

「むしろ恩知らずだな」

確かに、地面に叩きつけられたのをすぐに助けてやらなかったけれども。飼育も素人だったかもしれないが。それでも、情みたいなものを抱いていたのは自分だけだったのだろうか。椿はさっきまでの感傷が全て、ハト子の白いうんこで上書きされてしまったような気がしていた。はあ、とため息を吐くと同時に、背中が曲がっていくのが自分でもよく分かる。

幣巻がいかにも可笑しそうに噴き出した。そのまま、からからと乾いた声で笑う。

「なんか、やっと、分かったわ。そんぐらい、人間の思い通りにならないぐらいが丁度いいのかも知れん、鳩ってのは」

「はあ」

うんこ引っかけられた自分を参考に勝手に何かの結論を出して勝手に納得しないで欲しい。唇を尖らせた椿の背中を、幣巻が大きめの音を出して叩いた。

「夜、景気づけに飯食いに行くか」

「あ、私奢りますよ。試用期間中の人に奢ってもらうのも悪いので」

「そう言われると弱いな。またあの鳩のローストでも予約しておくか」

「予算考えて下さいよ。それに、今日は鳩以外がいいです。若鶏の手羽先揚げが美味しいとこあるんで、そこどうでしょう」

「ほう」

不思議な時間に背を向けて、ひとまず午後の仕事を片付けたなら、今日は『暮れない』で一杯おごってあげよう。椿は幣巻の先に立って歩き始めた。群がっていた鳩たちがひょいひょいと要領よく移動して、二人の道を作った。

【参考文献】

『伝書鳩　もうひとつのＩＴ』　黒岩比佐子　文春新書
『ハトと日本人』　大田眞也　弦書房
『ニュースの商人ロイター』　倉田保雄　朝日新聞社
『ノアの箱船と伝書鳩　紀元前2348–47』　吉田和明　社会評論社
『戦争と伝書鳩　1870–1945』　吉田和明　社会評論社
『レース鳩　知られざるアスリート』　吉原謙以知　幻冬舎ルネッサンス

解説

川上和人（鳥類学者）

この物語の主人公の小森椿《こもりつばき》は都内の出版社で働いている。ある日、彼女のマンションのベランダに一羽の白い鳩がやってくる。その鳩はケガをしていたため、椿は心ならずも保護して飼い始めることになる。彼女は決して鳥が好きなわけではなく、どちらかというと鳩のことを疎《うと》ましく思っていた。仕事上もストレスを抱えており、鳩の世話は単なる厄介ごとである。これをきっかけに彼女は公園で鳩に餌をやる幣巻《ぬさまき》と出会い、彼から次の「鳩護《はともり》」となるのだと告げられる。いつもの日常の中にいつもと少し違う非日常が鳩という形をとって侵入し、椿の世界が変化していく。

タイトルからわかる通り、この物語ではハトが重要な役割を果たしている。どんな役割を果たしているかは、読者のみなさんがそれぞれに解釈を進めるべきことなので、ここではハトという鳥そのものについて注目したい。なぜならば、私が鳥類学者だからだ。

ハトはスズメとカラスと並んで三大普通種の一角をなす。これにツバメを加えれば四天王といったところだろう。そんな馴染《なじ》み深い鳥の中でも、ハトは特に私たちの日常に侵入している鳥である。スズメは人間を見ると逃げていくし、カラスはどちらかというと人間と対立的な立場にいる。ツバメは人の家の軒下で繁殖《はんしょく》するくせに、人間に対しては常に一定の心の距離を置き不干渉を貫いている。

一方でハトは大変フレンドリーだ。駅前の雑踏の中で人の足元を平気で歩き回り、公園に行くと寄ってくる。マンションのベランダに巣を作り、昔から伝書鳩として活躍している。食材として確たる地位を築いているニワトリを除くと、これほど人間との距離が近い鳥はいない。多くの鳥は人間のことがあまり好きじゃないが、どうやら彼らは人間が好きなようだ。

ちなみに、「鳩」と「ハト」の違いだが、前者は一般的な表現で、後者は生物学的な表現だと思っていただきたい。このため、鳩は日常的・文学的な背景を持ち、ハトは生物の種類として語られる時に使われる。それほど厳密に線引きされているわけではないが、少なくとも生物学の世界では生物の和名はカタカナで表すことがルールとなっている。

さて、椿が出会ったのはドバトである。ドバトはもともと中東の乾燥地帯を中心に分布するカワラバトを品種改良したもので、日本には奈良時代以前に持ち込まれた鳥だ。ずいぶんと長く人間生活の身近にいるため、この鳥の生態は一般にもよく知られている。豆がほしくてポッポッポと鳴きながら地面を歩く。駅前や公園で群れになる。鳩胸で、優れた帰巣《きそう》本能を持つ。

豆をほしがったり、豆鉄砲をくらったりしていることからわかる通り、ドバトは種子食の鳥だ。このことが、彼らのすべての特徴を決める要因となっている。

種子は地面に落ちている。特に草原には草の種子がたくさん落ちている。そんな種子を食べるため、ドバトは開けた場所を好んで地面を歩くようになった。森林ではなく公園にいるのはこのためだ。

開けた場所にいると、タカなどの捕食者に襲《おそ》われやすい。実際に彼らは都市近郊にいるオオタカの主な食物のひとつとなっている。ハトにとっては由々しき事態だ。そこで彼らはいくつかの戦略を用意した。まずは群れになることだ。一羽でいると捕食者に見つかった時に確実に自分が狙われる。しかし、十羽で群れればリスクは十分の一、百羽なら百分の一になる。これを「薄めの効果」と呼ぶ。さらに、駅前や公園にいることも捕食者対策となる。そこには多くの人間がおり、捕食者は警戒して近寄ってこない。人間は知らず知らずのうちにドバトのガードマンとなっているのだ。

とはいえ、百分の一の確率で自分が狙われることもある。そんな時にはモタモタせずにダッシュで逃げなければならない。鳥が羽ばたきに使うのは胸の筋肉だ。ハトが鳩胸なのはこの筋肉が大きいからである。小鳥に比べて体が大きいドバトが素早く逃げるためには力強い羽ばたきが必要だ。その力を発生させる大型エンジンとして、ドバトは鳩胸になっているのだ。

種子は草さえあればどこにでもある資源だが、それぞれの植物が結実するのは基本的に一年に一度だけである。しかも年や地域によって豊作や凶作がある。このため狭い地域の中だけでずっと過ごすと食物不足になる。十分な食物を得るには、広範囲を探索することが欠かせない。そんな生活ゆえ、彼らはどこに行ってもちゃんと帰ってくる優れた方向感覚を進化させた。つまり、彼らの強い帰巣本能も種子食ゆえと考えられる。

ドバトの持つ一見バラバラな性質は、種子食という一つの要因で説明できるのだ。

こんなふうに書くと、それなりにもっともらしく見えるだろう。ただし、これは「事実」ではなく、あくまでも「解釈」だ。科学的に証明された定説ではなく、彼らの性質を矛盾なく説明できる「合理的なお話」だと思ってほしい。

理系の研究というものは、科学的エビデンスに基づく確固たるものというイメージがある。しかし、生物の進化を一〇〇%の確度で証明することは難しい。このため、さまざまな要素を合理的に解釈し、もっともらしい仮説を作ることが研究者の役割となる。つまり私のような研究者は、生物の中にあるさまざまなエピソードをつなぎ合わせて、そこに隠された物語を紡ぎ上げているのだ。

これは読書の楽しみとよく似ている。読書とは、書物の中にちりばめられた場面を自分の理解に沿って解釈し、自分の中に自分なりの物語として再構築する行為である。私は鳥の研究も読書も同じくらい好きだが、その理由はここにある。

この本の中で椿はドバトに出会った。ドバトは人間に対してフレンドリーな鳥だが、彼らはおそらく人間のことが好きでフレンドリーなわけではないだろう。前述の通り、人間がいる場所は安全な場所である。人間が作った公園は効率よく食物が供給される場所である。マンションのベランダに巣を作るのは、ガードマン効果によるものである。そう考えると、彼らは人間が好きで寄ってきているのではなく、自己の利益のために振る舞った結果として人間の目にフレンドリーに映っているだけなのだ。

ハトが人間を利用する一方で、人間もハトを利用している。古くから伝書鳩として重宝してきたのは彼らが可愛いからではなく、優れた帰巣本能を持っていたからだろう。発達した胸筋ゆえに世界各地で食用にも供されてきている。

こうして考えると、人間とドバトのあいだにあるのは存外にクールな関係なのかもしれない。そのことを念頭に、本書で描かれた白い鳩の行動やハトに対する人間の行動を思い返してみると、とてもリアリティがあふれている。私は鳥の研究をしているためか、人間と動物がやたらと意思疎通したり、動物を擬人化したりする物語は敬遠することが多い。つい、そんなことねーだろと斜に構えてしまうのだ。そんな私だが、この本を読んで「お、この距離感いいねぇ」と思ったのだ。ドバトは人間が品種改良したとはいえ、野外で生きる個体はペットとは違う野生動物だ。同じ空間を生きる者としてほどほどにお互いを意識し、ほどほどに利己的に振る舞うぐらいがちょうどよいのである。

この物語を読み始めた時、主人公の椿という名前に偶然以上のものを感じた。「つばき」から横棒を一本とると、「つばさ」になる。横棒が特徴的な文字というと、なにより「閂《かんぬき》」が思い浮かぶ。「閂」と「門」の違いから、横棒は門を閉じるロックを意味することは間違いない。つまり、つばきを束縛するロックが外れれば、自由に羽ばたくつばさを手に入れられるのだ。

主人公の名前から、そんな解釈が頭の中にわきあがってきた。自然の中にも物語の中にも、様々なイースターエッグが隠されている。それは必然かもしれないし、もしかしたら単なる偶然かもしれないが、見つけたパーツをつなぎ合わせて自分なりの解釈を作り上げることは読書の醍醐《だいご》味の一つだ。そのチャンスは本を読む全ての者に等しく呈《しめ》されている。

本書は鳥に関する知識がなくとも十分に楽しむことができる。しかし、鳥のことを知っているとさらに楽しめるはずだ。それは鳥類学者だけの特権ではないのである。

二〇二三年五月

この作品は2020年10月徳間書店より刊行されました。
なお、本作品はフィクションであり実在の個人・団体などとは一切関係がありません。

徳間文庫

鳩《はと》 護《もり》

2023年7月15日 初刷

著者 河《かわ》崎《さき》秋《あき》子《こ》
発行者 小宮英行
発行所 株式会社徳間書店
東京都品川区上大崎三―一―一 〒141―8202
目黒セントラルスクエア
電話 編集〇三(五四〇三)四三四九
販売〇四九(二九三)五五二一
振替 〇〇一四〇―〇―四四三九二
印刷
製本 大日本印刷株式会社

ISBN978-4-19-894871-9 (乱丁、落丁本はお取りかえいたします)

空色勾玉　荻原規子
白鳥異伝〈上下〉　荻原規子
薄紅天女〈上下〉　荻原規子
風神秘抄〈上下〉　荻原規子
あまねく神竜住まう国　荻原規子
おもいでエマノン　梶尾真治
さすらいエマノン　梶尾真治
まろうどエマノン　梶尾真治
ゆきずりエマノン　梶尾真治
うたかたエマノン　梶尾真治
たゆたいエマノン　梶尾真治
クロノス・ジョウンターの伝説　梶尾真治
つばき、時跳び　梶尾真治
サラマンダー殲滅〈上下〉　梶尾真治
ダブルトーン　梶尾真治
デイ・トリッパー　梶尾真治
壱里島奇譚　梶尾真治
未来のおもいで　梶尾真治
もうこれ以上、君が消えてしまわないために　鹿ノ倉いるか

桜大の不思議の森　香月日輪
エル・シオン　香月日輪
黒沼　香月日輪
下町不思議町物語　香月日輪
魔法使いと副店長　越谷オサム
千年鬼　西條奈加
魔法使いハウルと火の悪魔　D・W・ジョーンズ　西村醇子訳
アブダラと空飛ぶ絨毯　D・W・ジョーンズ　西村醇子訳
チャーメインと魔法の家　D・W・ジョーンズ　市田泉訳
魔法？魔法！　D・W・ジョーンズ　野口絵美訳
ショートケーキにご用心　高橋由太
おれの墓で踊れ　エイダン・チェンバーズ　浅羽莢子訳
奏弾室　仁木英之
紫鳳伝　王殺しの刀　藤野恵美
紫鳳伝　神翼秘抄　藤野恵美
ふしぎな声のする町で　ほしおさなえ
ルークとふしぎな歌　ほしおさなえ
花咲家の人々　村山早紀
花咲家の休日　村山早紀

花咲家の旅　村山早紀
花咲家の怪　村山早紀
竜宮ホテル　村山早紀
魔法の夜　村山早紀
水仙の夢　村山早紀
アカネヒメ物語　村山早紀
ぶたぶた　矢崎存美
刑事ぶたぶた　矢崎存美
ぶたぶたの休日　矢崎存美
夏の日のぶたぶた　矢崎存美
クリスマスのぶたぶた　矢崎存美
ぶたぶたの花束　矢崎存美
現代の小説2019　日本文藝家協会編
現代の小説2020　日本文藝家協会編
さよならくちびる　原案・脚本　塩田明彦　ノベライズ　相田冬二
D列車でいこう　阿川大樹
植物たち　朝倉かすみ
Team・HK　あさのあつこ
殺人鬼の献立表　あさのあつこ

ヤイトスエッド	吉村萬壱
回遊人	吉村萬壱
ノッキンオン・ロックドドア	青崎有吾
ノッキンオン・ロックドドア2	青崎有吾
盗みは人のためならず	赤川次郎
待てばカイロの盗みあり	赤川次郎
泥棒よ大志を抱け	赤川次郎
盗みに追いつく泥棒なし	赤川次郎
本日は泥棒日和	赤川次郎
泥棒は片道切符で	赤川次郎
泥棒に手を出すな	赤川次郎
泥棒は眠れない	赤川次郎
泥棒は三文の得	赤川次郎
会うは盗みの始めなり	赤川次郎
盗んではみたけれど	赤川次郎
泥棒も木に登る	赤川次郎
盗んで、開いて	赤川次郎
盗みとバラの日々	赤川次郎
心まで盗んで	赤川次郎
泥棒に追い風	赤川次郎
泥棒桟敷の人々	赤川次郎
泥棒たちの黙示録	赤川次郎
泥棒教室は今日も満員	赤川次郎
泥棒たちのレッドカーペット	赤川次郎
泥棒たちの十番勝負	赤川次郎
泥棒は世界を救う	赤川次郎
マザコン刑事の事件簿	赤川次郎
マザコン刑事の探偵学	赤川次郎
マザコン刑事の逮捕状	赤川次郎
マザコン刑事と呪いの館	赤川次郎
マザコン刑事とファザコン婦警	赤川次郎
藻屑蟹	赤松利市
鯖	赤松利市
犬	赤松利市
誰？	明野照葉
京都・高野路殺人事件	梓林太郎
京都・舞鶴殺人事件	梓林太郎
松本-鹿児島殺人連鎖	梓林太郎
黒白の起点	梓林太郎
信州・諏訪湖連続殺人	梓林太郎
百名山殺人事件	梓林太郎
信州・塩尻峠殺人事件	梓林太郎
私人逮捕！	安達瑶
降格警視	安達瑶
降格警視2	安達瑶
再雇用警察官	姉小路祐
いぶし銀	姉小路祐
完敗捜査	姉小路祐
0の構図	姉小路祐
究極の完全犯罪	姉小路祐
さよならのためだけに	我孫子武丸
高原のフーダニット	有栖川有栖
夢裡庵先生捕物帳（上下）	泡坂妻夫
奇跡の男	泡坂妻夫
螺旋宮	安東能明
第Ⅱ捜査官	安東能明
虹の不在	安東能明

崑崙の王〈上下〉　夢枕獏
荒野に獣慟哭す〈1～5〉　夢枕獏
月神祭　夢枕獏
ハイエナの夜　夢枕獏
混沌の城〈上下〉　夢枕獏
月に呼ばれて海より如来る　夢枕獏
歓喜月の孔雀舞　夢枕獏
黄金宮 Ⅰ　夢枕獏
【コミック版】荒野に獣 慟哭す 1～5　夢枕獏原作 伊藤勢漫画
闇狩り師 キマイラ天龍変　夢枕獏原作 伊藤勢漫画
顔 FACE　横山秀夫
七人の天使　六道慧
ペルソナの告発　六道慧
反撃のマリオネット　六道慧
キメラの刻印　六道慧
ラプラスの鬼　六道慧
警察庁広域機動隊　六道慧
ダブルチェイサー　六道慧
医療捜査官 一柳清香　六道慧

トロイの木馬　六道慧
塩の契約　六道慧
警視庁特殊詐欺追跡班　六道慧
サイレント・ポイズン　六道慧
製造迷夢　若竹七海
慶喜暗殺　阿井渉介
鬼はもとより　青山文平
氏真、寂たり　秋山香乃
先生のお庭番　朝井まかて
御松茸騒動　朝井まかて
雲上雲下　朝井まかて
家光の遺言　麻倉一矢
真田家の野望　麻倉一矢
火炎の乱　麻倉一矢
てしごと　あさのあつこ他
北天に楽土あり　天野純希
けんかの凧　井川香四郎
天翔る　井川香四郎
はぐれ雲　井川香四郎

孤狼剣　上田秀人
無影剣　上田秀人
波濤剣　上田秀人
風雅剣　上田秀人
蜻蛉剣　上田秀人
悲恋の太刀　上田秀人
不忘の太刀　上田秀人
孤影の太刀　上田秀人
散華の太刀　上田秀人
果断の太刀　上田秀人
震撼の太刀　上田秀人
終焉の太刀　上田秀人
潜謀の影　上田秀人
奸闘の緒　上田秀人
血族の澱　上田秀人
傾国の策　上田秀人
寵臣の真　上田秀人
鳴動の徴　上田秀人
流動の渦　上田秀人